AF144868

Herstellung und Verlag:
BoD - Books on Demand, Norderstedt
ISBN 978-3-7347-6020-4

Silke Renken

Die Kinder des Lichts

Die Geschichte vom Flug NN1114 ist natürlich frei von mir erfunden, wurde allerdings angeregt durch das tragische, sehr rätselhafte Verschwinden des Flugs MH370 – Malaysian Airlines am 8. März 2014. Bis heute konnte das Geheimnis um den Flug nicht geklärt werden. Die Tatsache, dass so etwas in unserer heutigen, modernen, von Technik bestimmten Zeit, passieren kann, hat mich sehr beschäftigt. Allen Hinterbliebenen möchte ich mein tiefstes Mitgefühl aussprechen. Und wer weiß, vielleicht gibt es doch eines Tages ein großes Wunder?

Wenn ein Stern stirbt…

Egal, wo auf der Welt wir uns gerade befinden, wenn wir zum Himmel schauen, sehen wir Sterne. Manche sind klein, manche groß, einige funkeln sehr hell, ab und zu sehen wir auch eine Sternschnuppe. Dann sollte man sich schnell etwas wünschen, darf es aber nicht verraten. Schon seit Millionen von Jahren sehen Menschen Sterne am Himmel, sogar als es noch keine Menschen gab, waren schon Sterne am Himmel zu sehen. Die Sterne wurden dann später von Astronomen in Sternbilder und verschiedene Galaxien eingeordnet. Seit Jahrtausenden gibt es auch schon Sternzeichen, die von Astrologen gedeutet werden. Was aber passiert, wenn ein Stern stirbt? Irgendwann, nach so vielen Jahrtausenden muss jeder Stern sterben…Sehr viele Wissenschaftler haben sich diese Frage schon gestellt. Einige von ihnen haben herausgefunden, dass, wenn ein Stern stirbt, im Universum ein schwarzes Loch entsteht. Das hört sich ja schon mal sehr gruselig an … ein Stern kann sterben … und ein schwarzes Loch entsteht. Aber, was genau ist denn wohl so ein schwarzes Loch. Ganz genau können auch die klugen Wissenschaftler das nicht sagen. Fest steht aber, dass so ein schwarzes Loch alles, aber auch wirklich alles, einsaugt, was sich in seiner Nähe befindet. Egal, ob es andere Himmelskörper, Meteoriten, Weltraumschrott, Gesteinsbrocken oder einfach lose herum fliegendes Irgendetwas ist, das schwarze Loch saugt es an und egal wie groß das gewisse Etwas auch war, es verschwindet auf Nimmerwiedersehen. Da gibt es kein Entkommen. Ein schwarzes Loch funktioniert wie ein überdimensionaler Staubsauger, alles, aber auch wirklich alles wird aufgesaugt. Was aber passiert, wenn Himmelskörper oder all die anderen herumfliegende Dinge von einem schwarzen Loch aufgesaugt wurden? Entstehen viele neue kleine Sterne? Verschwindet das schwarze Loch einfach, wenn es satt geworden ist? Zerplatzt es vielleicht? Darauf haben auch die Wissenschaftler noch keine Antwort gefunden. Wir werden jetzt mit unserer kleinen Elisabeth eine Reise machen und finden vielleicht eine Antwort. Bevor unsere Elisabeth nun in die Schule kommen sollte, hatten ihre Eltern mit ihr eine wunderschöne Reise in ein sehr fernes, warmes Land gemacht. Jeden Tag schien dort die Sonne, sie hatten im blauen Meer gebadet und viele schöne Tage am Strand verbracht. An manchen Tagen hatten sie Ausflüge ins Land gemacht und dabei die wunderschöne Natur bewundert. In dem feuchtwarmen Tropen-Klima gediehen Pflanzen, die Elisabeth und ihre Eltern noch nie gesehen hatten. Riesengroße Palmen säumten die Straßen, es war ein sehr schöner Urlaub gewesen. Durch die vielen neuen Eindrücke hatte Elisabeth den Verlust ihrer gerade gewonnenen Omi nicht vergessen, sie wusste ja, Mariechen schaute vom Himmel auf sie herab und freute sich mit ihnen. Es waren wirklich schöne Ferien gewesen, sie hatten alle drei eine schöne Zeit gehabt. Aber, wie es nun mal so ist, jede schöne Zeit nimmt auch mal ein Ende und sie mussten die Heimreise antreten. Elisabeth freute sich schon darauf, nun auch endlich in die Schule gehen zu dürfen. „Mami, wenn ich erst einmal richtig schreiben kann, schreibe ich alles auf, was ich von Mariechen und dem großen, weisen, alten Vogel gelernt habe. Alle Menschen sollen das wissen." „Ja, das ist eine sehr schöne Idee, mein Kind. Du wirst sehen, die Schule wird Dir sehr viel Spaß machen", gab ihr die Mutter zur Antwort.

Ein letztes Mal fuhren sie nun durch die schönen Straßen die von bunten Häusern und den schönen Palmen umrahmt wurde, mit dem Taxi vom Hotel zum Flughafen. Alle waren müde, aber auch rundum glücklich und zufrieden. Nach etwa einer Stunde erreichte das Taxi den Flughafen. Ja, diese Reise hatte unsere kleine Elisabeth mit dem Flugzeug angetreten, so wie es alle Menschen taten, die ein weit entferntes Ziel erreichen wollten. Das Fläschchen mit den Seifen-Blasen, mit denen sie gemeinsam mit ihren Freunden, gereist war und ihre aufregenden Abenteuer erlebt hatte, war leer. Sie brauchte aber auch keine Seifen-Blasen mehr, mit der letzten großen Seifen-Blase hatte sie ja unsere schöne Erde umhüllt, um sie für immer zu schützen. Unsere Elisabeth hatte keine Angst vorm Fliegen, sie fand es spannend, in das große Flugzeug zu steigen, in dem so viele Menschen Platz hatten. Das Flugzeug sah aus wie ein silberner, großer Vogel. Es erinnerte sie ein wenig an den großen, weisen, alten Vogel mit dem sie so viele spannende Abenteuer erlebt hatte. Der Flug würde einige Stunden dauern, aber das machte ihr nichts aus. Immerzu kamen die netten Stewardessen und brachten etwas zum Trinken oder eine kleine Mahlzeit. Elisabeth konnte lustige Zeichentrickfilme während des Flugs gucken, das fand sie besonders spaßig. „Mami, wie kann es denn sein, dass ich hier in der Luft, so weit oben, Filme gucken kann?" „Die moderne Technik macht so einiges möglich, mein Kind. Da staunst Du, nicht wahr?" Vor dem Abflug hatten die Stewardessen erklärt, was zu tun sei, falls es einen Notfall geben würde. „Mami, kann denn das Flugzeug abstürzen? Fällt es dann einfach nach unten? Und was passiert denn dann?" „Nein, Elisabeth, in der heutigen Zeit ist Fliegen eine sehr sichere Art zu reisen. Es ist sicherer, als mit dem Auto zu fahren, glaube mir. Natürlich kann es auch einmal einen Unfall geben, aber das geschieht sehr selten. Du brauchst Dir keine Sorgen zu machen." So war Elisabeth beruhigt, die Mami wusste doch immer alles. Schon kam wieder eine der netten Stewardessen und fragte, ob sie nicht ein paar Bonbons essen wollte. Natürlich wollte sie das. Welches Kind kann da schon nein sagen? So waren sie nun schon einige Stunden in der Luft, der Flugkapitän erklärte gerade über den Bord-Lautsprecher, wo sie sich zur Zeit befänden, er erwähnte auch die Flughöhe und wie lange es noch dauern würde, bis sie ihr Ziel erreicht hätten. Das alles interessierte unsere Elisabeth aber nicht, sie schaute aufgeregt aus dem kleinen Fenster. Dort, über den Wolken gab es so viel zu sehen. Die Sonne war hier besonders hell. Alles war so spannend, sie hatte ja schon, bevor sie auf die Erde gekommen war, hoch oben über den Wolken bei den Engeln gelebt. Nun fragte sie sich, wie hoch sie wohl noch fliegen mussten, um dort bei den Weisen einmal Hallo zu sagen. Ob ein normales Flugzeug, wie es Menschen gebaut hatten, das überhaupt schaffen konnte? Wer wusste das schon? Gerade wollte sie ihre Mami danach fragen, als es einen kleinen Ruck gab. „Mami, was war das"? wollte sie direkt wissen. Schon ruckte das Flugzeug wieder. Es gab nochmal einen starken Ruck, dann leuchteten alle Lampen im Flugzeug auf und die Stewardessen baten die Passagiere, sich anzuschnallen. „Wir haben Turbulenzen, bitte bleiben Sie auf Ihren Sitzen und bleiben Sie angeschnallt", ertönte es über den Lautsprecher. „Was sind denn Turbulenzen, Mami"? „Turbulenzen sind nichts Aufregendes, es ruckt nur ab und zu ein bisschen. Du weißt doch, wie es ist, wenn in unserer Straße einmal ein kleines Loch ist, dann ruckt es auch, wenn wir mit dem Auto darüber fahren. Genauso ist es, wenn Du mit Deinem Fahrrad oder Deinen Rollschuhen durch so ein Loch fährst, es gibt einen kleinen Ruck und alles ist vorbei. Die Strecke, die ein Flugzeug fliegt, ist wie eine Straße im Himmel und auch da gibt es durch die Wolken oder den Wind auch mal so etwas wie ein kleines Loch." „Mmmmh, komisch, im Himmel gibt es Straßen? Flugzeuge fliegen doch, sie fahren doch nicht". Aber wie gut, dass die Mami immer Bescheid wusste, dachte Elisabeth bei sich und schon gab es wieder einen sehr heftigen Ruck. Im gleichen Moment gingen alle Lichter im Flugzeug aus und kurz danach wieder an. „Wir haben sehr heftige Turbulenzen, bitte bleiben Sie angeschnallt und nehmen Sie die Schutzhaltung ein", ertönte es über den Bordlautsprecher. Die Schutzhaltung bedeutete, dass man sich nach vorne beugen und die Arme über dem Kopf verschränken sollte. Das taten alle Passagiere, einige schrien leise auf, andere begannen zu weinen. Auch Elisabeth fühlte sich jetzt nicht mehr wohl, das hier war nicht mehr spannend. Ihr war sogar schon etwas schlecht geworden, am liebsten wollte sie sich jetzt schnell in den Armen ihrer Mami verstecken. Auf jeden Fall wollte sie jetzt ganz schnell nach Hause, das war ihr alles zu unheimlich geworden. Es gab noch einen heftigen Ruck, so dass die Klappen der Gepäckfächer sich von allein öffneten und alle Gepäckstücke herausfielen. Einige trafen die Passagiere am Kopf, einige Passagiere bluteten bereits an ihren Köpfen. Das hier war alles nicht richtig, so viel war klar. Der Flugkapitän mahnte über den Lautsprecher zur Ruhe, es seien einige sehr heftige Turbulenzen, gleich sei aber alles vorbei. Nun gingen endgültig alle Lichter an Bord aus. Die Passagiere schrien, die Stewardessen versuchten alles, um sie zu beruhigen. Es gab noch einen sehr starken Ruck und dann war es ruhig. Alles war ruhig, die Maschine schien ruhig vor sich hin zu gleiten, scheinbar war nie etwas passiert.

Zur gleichen Zeit auf der Erde

Im Kontrollturm eines Flughafens saß Herr M., wie jeden Tag, an seinem Monitor und überwachte alle Flugzeuge auf seinem Radarschirm. Es war seine Aufgabe, alle Maschinen, die sich im Luftraum des Flughafens bewegten, zu überwachen. Schließlich muss ja alles seine Ordnung haben und in der heutigen Zeit bewegen sich sehr viele Maschinen am Himmel, so dass der Luftraum wie ein Straßensystem aufgebaut hat. Jede Maschine hat ihre Route, die An- und Abflugzeiten sind genau festgelegt. Auch an diesem Tag lief alles nach Plan. Herr M. freute sich schon, in einer halben Stunde war Zeit für seine Kaffeepause, in der er immer sehr gerne mit seinen Kollegen traf. Dann tranken sie Kaffee, erzählten von ihren Familien, unterhielten sich über Sport oder Politik. Manchmal lasen sie die Zeitung und diskutierten über das Gelesene. Ja, Herr M. liebte seine Arbeit im Kontrollturm, das war seine Welt, er hatte eine sehr große Verantwortung, durfte niemals eine falsche Anweisung geben. Er war zu einem großen Teil für die Sicherheit im Luftraum mit verantwortlich und darauf war er sehr stolz. Plötzlich traute er seinen Augen nicht! Das konnte doch nicht sein! Schnell nahm er die Brille ab und wischte sich verwirrt über die Augen. Wo war denn nur die Maschine, die in etwa einer halben Stunde landen sollte? Gerade hatte er sie doch noch auf seinem Radarschirm gesehen! Nun war da nichts mehr, das konnte doch nicht sein! Schnell prüfte er, ob die technischen Geräte einen Fehler hatten, aber alles war so weit in Ordnung. Herr M. rief nach seinem Kollegen, aufgeregt schilderte er, was passiert war. Er hatte eine Maschine von seinem Radarschirm verloren, das war noch niemals da gewesen. Nichts! Vor einigen wenigen Minuten war noch alles in Ordnung gewesen … und jetzt. Schnell prüften die zwei nochmal alle Geräte, aber sie fanden keinen Defekt. Nein, die Geräte waren alle, wirklich alle, in Ordnung. Aber was stimmte hier nicht? „Wo ist denn der Flug NN1114, wo ist die Maschine?" Sein Kollege, Herr P., wusste auch keine Antwort. „Das kann ich mir nicht erklären, so etwas ist noch nie passiert. Wo ist NN1114, wo?" Herr M. war nun sehr blass geworden, er war so weiß wie eine Wand. „NN1114 kann nicht abgestürzt sein, wir hätten es auf dem Radarschirm gesehen. So etwas dürfen wir nicht denken." „NN1114, bitte kommen! NN1114, bitte kommen", rief Herr M. immer wieder in sein Mikrofon, über das er mit der Maschine verbunden war. Keine Antwort. Nichts. „NN1114, bitte kommen! NN1114, bitte kommen!" Und wieder keine Reaktion! Keine Antwort, keine Reaktion, keine Maschine mehr auf dem Radarschirm, kein Absturz war angezeigt worden. Die Besatzung der NN1114 hatte über Funk nicht einmal etwas von Problemen erwähnt. Und jetzt meldeten sie sich nicht mehr. In der Vergangenheit waren schon Flugzeuge entführt worden, aber man hatte sie immer noch auf dem Radarschirm sehen können und so ihre Flugroute weiter verfolgen können, aber NN1114 blieb spurlos verschwunden. Schnell informierten die Beiden ihre Vorgesetzten, damit diese mysteriöse Angelegenheit aufgeklärt werden konnte. Ein Flugzeug verschwindet in unserer heutigen, hochmodernen Zeit nicht so einfach. Das ist unmöglich.

Sofort wurde eine große Suchaktion eingeleitet, Flugzeuge, die mit speziellen Instrumenten ausgestattet waren, flogen auf der Route der NN1114, auch auf dem Wasser wurde mit vielen Schiffen gesucht. Man musste auch in Erwägung ziehen, dass NN1114 ins offene Meer gestürzt war, so kamen auch U-Boote zum Einsatz, um unter Wasser zu suchen. So traurig wie es auch war, mussten alle schlimmen Möglichkeiten in Betracht gezogen und auch mit dem Allerschlimmsten, nämlich, dass NN1114 mit all seinen Passagieren abgestürzt war, musste gerechnet werden. Die Frage aber blieb, warum war NN1114 so plötzlich und so unauffindbar von dieser Welt verschwunden. Und wo waren die Passagiere jetzt, waren sie überhaupt noch am Leben? Und wenn ja, wo? Wo würde man sie finden? Schlimmer noch, was würde man überhaupt finden? Es gab ein wenig, ein ganz kleines wenig Hoffnung. Jedes Flugzeug ist heute mit einer Black-Box ausgestattet, diese Black-Box sendet dreißig Tage lang ein starkes Funksignal, wenn das Flugzeug verunglückt ist. Die Suchmannschaften, egal ob zu Wasser oder in der Luft, brauchen nur dieses Funksignal irgendwo zu empfangen und schon kann die Suche los gehen. Darauf bauten alle, das Flughafenpersonal und die Suchmannschaften....

Etwas später im Cockpit von NN1114

Der Flug NN1114 mit all seinen Passagieren schwebte dahin, der Pilot merkte zuerst, dass sie ihr Tempo verlangsamt hatten. Die Maschine flog nicht mehr, nein, sie schwebte. Alles war gut. Auch sein Co-Pilot war sehr zufrieden, diese Turbulenzen hatten sie sicher durchquert, ohne dass sie einen bemerkenswert großen Schaden an der Maschine genommen hatten. Alles war gut, dachte er. Aber er war so merkwürdig zufrieden und entspannt, ja fast ein wenig glücklich. „Wir können das Zeichen zum Gurte-Lösen geben. Dann können die Stewardessen schauen, wie es den Passagieren geht und die Wunden der Leute versorgen. Auf jeden Fall sollten sie Wasser an die Passagiere ausgeben. Das war ja ein Riesen-Schreck, so eine heftige Turbulenz habe ich während all meiner Flüge noch nicht erlebt. Für einen Moment habe ich gedacht, unser letztes Stündlein schlägt. Aber nun ist ja alles wieder gut. Ich freue mich, meine Frau hat für heute Freunde zum Abendessen eingeladen. Das wird ein schöner Abend." So drückte er auf die Taste, die das Signal zur Entwarnung, zum Gurte lösen, gab. Im gleichen Augenblick ging auch das Licht in der Maschine wieder an. Die Stewardessen erhoben sich zuerst von ihren Sitzen, um nach den Passagieren zu schauen. Gerade waren sie aufgestanden, da bemerkten sie, dass etwas sehr merkwürdig, sehr befremdlich war. Die Maschine schien nicht mehr zu fliegen, nein, sie schien zu schweben. Aber auf wundersame Weise machten sie sich darüber gar keine Sorgen, alles war gut. Selten hatten sie sich so ausgeruht und zufrieden gefühlt. Und das nach so vielen Stunden, die sie schon in der Luft gewesen waren. Zu allem Überfluss auch noch diese heftigen Turbulenzen, durch die sie geflogen waren. Aber jetzt war wirklich alles gut.

Etwas später in der Kabine von NN1114

„Mami, schau, das Licht ist wieder an. Und…da leuchtet die Lampe, die sagt, dass wir die Sicherheitsgurte wieder öffnen dürfen. Was war das nur? Ich hatte solch eine Angst! Ich habe gedacht, wir sterben alle." Elisabeth hatte noch Tränen in den Augen, noch nie in ihrem Leben hatte sie solche Angst gehabt, obwohl sie doch schon so Einiges erlebt hatte. Aber so furchtbare Angst hatte sie noch gehabt. Schnell öffnete die Mami ihren Gurt und drückte unsere kleine Elisabeth fest an sich. „Oh, Gott, Elisabeth, geht es Dir gut?" „Ja, aber was war das gerade eben?" Alle Passagiere des Flugs NN1114 erholten sich langsam, sie begannen die Gurte zu lösen und sahen sich um. In der Kabine herrschte ein unglaubliches Chaos. Viele hatten blutende Wunden am Kopf, weil sie von den herunter fallenden Gepäckstücken getroffen worden waren. Gepäckstücke lagen im Gang, aber auch zwischen den Sitzen, herum. Die Klappen der Fächer für das Handgepäck hatten sich alle geöffnet und hingen nun nach unten. Ein furchtbarer Anblick! Die ersten Fluggäste erhoben sich nun von den Sitzen, sie sahen sich um und konnten kaum glauben, dass es, nach nur so kurzer Zeit, so chaotisch in der Kabine aussah. Das schienen aber sehr heftige Turbulenzen gewesen zu sein. Trotz des riesigen Durcheinanders, der Angst, die sie ausgestanden hatten, der vielen blutenden Mitreisenden, fühlten sie sich wunderbar wohl. In der Kabine begann sich ein angenehmes Gefühl auszubreiten, ein sehr entspanntes Gefühl, ein Wohlsein, dass sie noch nie gekannt hatten. Alles war gut. Ja, so fühlte sich das an, alles war einfach nur gut. So begannen die Passagiere sich zu entspannen, es war ja alles irgendwie gut.

Ein paar Augenblicke später öffnete sich der Vorhang, der die Stewardessen von den Passagieren trennt. Die Stewardessen sahen das Ausmaß der Katastrophe, die Kabine war wirklich in einem sehr chaotischen Zustand. Sofort begannen zwei der

Stewardessen damit, die Verwundeten zu versorgen, sehr viele Pflaster wurden geklebt, Verbände angelegt. Die dritte Stewardess hatte fix begonnen, alle Gepäckstücke wieder in die Fächer über den Sitzen einzuräumen, so dass der Gang wieder frei war. Sie waren alle drei etwas verwundert, selbst hatten sie zwar immer noch sehr wackelige Knie, aber ihnen fiel auf, dass keiner der verwundeten Passagiere auch nur irgendwie über Schmerzen am Kopf oder an seinen Wunden klagte. Nein, alle schienen keine Schmerzen zu verspüren. Alles war auf eine merkwürdige, wundersame Weise, gut.

Zur gleichen Zeit auf der Erde

Flug NN1114 wurde verzweifelt gesucht, speziell ausgebildete Suchmannschaften überflogen mit ihren Maschinen das Meer, über das die Route des Flugs NN1114 geführt hatte, vielleicht konnte man aus der Luft etwas erkennen. Trümmerteile, Gepäckstücke, schlimmstenfalls im Meer treibende Leichen. Zur gleichen Zeit überfuhren Schiffe, die ebenfalls mit speziellen Suchgeräten ausgerüstet waren, das Meer. Nichts, aber auch gar nichts, war zu sehen. Die U-Boote, die unter dem Meeresspiegel auf der Suche waren, fanden auch nicht nur den kleinsten Hinweis darauf, dass Flug NN1114 hier abgestürzt war. So etwas hatte es in der gesamten Geschichte des Flugverkehrs noch nie gegeben, ein Flugzeug, das mit seinen über 300 Passagieren spurlos verschwunden war. Für die Fachleute war es einfach unmöglich, so etwas zu glauben. Sie gaben nicht auf, der Umkreis der Suche wurde großräumig erweitert, vielleicht war Flug NN1114 doch von der Route abgekommen. Sehr unwahrscheinlich zwar, das hätte auf dem Radarschirm zu sehen sein müssen. Aber wer wusste schon, was hier noch wahrscheinlich war. Und die Hoffnung gab man so schnell nicht auf, schließlich suchte man hier nach über 300 Menschenleben.

Am Flughafen

Jede Fluggesellschaft hat einen Sprecher, die Aufgabe so eines Sprechers ist, die Presse und die Öffentlichkeit zu informieren, wenn es irgendetwas Besonderes gibt. Dazu gehört aber auch die bedauernswerte Aufgabe, die Angehörigen und die Öffentlichkeit darüber zu informieren, wenn es ein Unglück gegeben hat. Und, bei Flug NN1114 hatte es ein Unglück gegeben, man wusste zwar nicht, in welchem Ausmaß und in welcher Form, aber hier gab es Unglück, so viel war klar. Die Angehörigen, die ihre Freunde oder Familienmitglieder, Kinder, Väter, Mütter, Tanten, Onkel, Großeltern, am Flughafen abholen wollten, hatten gewartet. Sie waren zuerst etwas stutzig gewesen, als Flug NN1114 nicht planmäßig landete. Aber so etwas kommt vor, manchmal verspätet sich ein Flug, manchmal bekommt der Pilot nicht sofort eine Landeerlaubnis. Das gehört zum Luftverkehr dazu, es ist völlig normal und nicht besorgniserregend. So vertrieben sich die Abholer noch ein wenig die Zeit, sie gingen Kaffee trinken, lasen noch ein wenig oder sie unterhielten sich. Einige waren auch ein wenig verärgert, weil sie noch einen Zug erreichen mussten, oder einfach, weil sie warten mussten. Aber Sorgen machten sie sich noch nicht. Nach einigen Stunden gab es immer noch keine Auskunft, es war nur einmal kurz über die Ansage des Flughafens ausgerufen worden, der Flug NN1114 hätte leichte technische Probleme und man müsse auch weiterhin mit einer Verspätung rechnen. Nun aber musste der Sprecher der Fluggesellschaft vor die Angehörigen treten und erklären, das man zur Zeit nicht wisse, wo Flug NN1114 sei und was genau passiert sei. Tränen standen ihm bei seiner kurzen Rede in den Augen. Einige der Wartenden brachen in Tränen aus, das war doch nicht zu glauben, das konnten sie nicht verstehen. Schon waren auch die ersten Fernsehreporter eingetroffen und berichteten über das unglaubliche Ereignis. Ein Flug, Flug NN1114 war spurlos von unserer Welt verschwunden. Diese Nachricht verbreitete sich sehr schnell im Land, so dass auch die Angehörigen die zuhause auf ihre Lieben gewartet hatten, sich auf den Weg zum Flughafen machten. Sie wollten direkt vor Ort sein, falls Flug NN1114 mit ihren Lieben an Bord doch noch unversehrt eintraf. Nachdem noch einige Stunden vergangen waren und sich fast alle Angehörigen der an Bord gewesenen Passagiere eingefunden hatten, trat der Sprecher noch einmal vor die Kameras. Sein Gesicht war in der kurzen Zeit um Jahre gealtert und man sah, wie schwer ihm das, was er nun erklären musste, fiel. Er bat kurz um Ruhe und begann. Flug NN1114 blieb auch weiterhin vermisst, man hatte bis zu diesem Zeitpunkt auch nicht eine Spur, nicht das kleinste Zeichen, keinen Hinweis, einfach nichts, um das Verschwinden des Flugs aufklären zu können. Nach so langer Zeit, gab er zu verstehen, müsse man damit rechnen, dass Flug NN1114 mit seinen über 300 Passagieren nicht wohlbehalten zum Flughafen zurück kehren würde. Die Suche würde auf jeden Fall fortgeführt werden, man hoffte auch immer noch auf die besagte Blackbox, man hoffte, die Signale dieser Box bald zu orten und dann die Maschine, wo auch immer sie sich gerade befand, zu finden. Aber diese Hoffnung war eben sehr gering, nur, dieses kleine Fünkchen Hoffnung gab es noch. Die Angehörigen, die sich am Flughafen versammelt hatten, brachen in Tränen aus, sie schrien vor Verzweiflung, einige brachen zusammen. Ein furchtbarer Tag. Sie mussten noch weiter warten, warten und hoffen, dass doch noch alles gut werden würde. Eine unendlich lange Zeit des Wartens, eine Zeit der Verzweiflung war nun angebrochen.

Zur gleichen Zeit in der Kabine von NN1114

Auf eine seltsame Art und Weise hatte sich unter allen Passagieren ein wunderbares Gefühl verbreitet. Sie waren zufrieden, sie fühlten sich gut. Alles war gut. „Mami, ich hab Dich lieb", flüsterte Elisabeth ihrer Mami ins Ohr. „Ja, mein Schatz, ich auch. Schau, der Papi schläft. Lass uns auch ein wenig schlafen. Bald sind wir zuhause." So kuschelte sich Elisabeth schnell bei ihrer Mami in die Arme und schon war sie in einen tiefen, traumlosen Schlaf gefallen. Die große Aufregung war ja doch etwas zu viel für die Kleine gewesen. Während Elisabeth so schön vor sich schlief, begann sich ihre Mami zu fragen, was nun werden würde. Wann würden sie wohl landen? Und…was war passiert? Warum fühlten sich alle so gut? Sie hatte auch bemerkt, dass keiner der verletzten Passagiere über Schmerzen geklagt hatte, das war doch sehr merkwürdig. Aber sicher standen sie auch noch unter Schock, diese heftigen Turbulenzen, jeder hatte gedacht, jetzt ginge es zu Ende, das Flugzeug würde abstürzen. Und plötzlich war alles gut gewesen, das Flugzeug schien förmlich zu schweben. Ja, auch sie hatte furchtbar große Angst gehabt, aber nun fühlte sie sich auch auf eine wunderbare Weise wohl, sicher und geborgen. Alles war gut. Mit dem Gedanken war sie auch schon, wie fast alle Passagiere, in einen tiefen traumlosen Schlaf gefallen.

Währenddessen im Cockpit

„Tower, hier Flug NN1114, bitte kommen! Tower, hier Flug NN1114, bitte kommen!" rief der Pilot in sein Mikrofon, über das er ja eigentlich mit dem Tower, dem Flugüberwachungsturm auf der Erde, verbunden war. „Tower, hier Flug NN1114, bitte kommen! Tower, hier Flug NN1114, bitte kommen!" Keine Rückmeldung, keine Antwort, nichts. Nicht eine Reaktion von der Erde. Das war schon ein wenig ungewöhnlich, normalerweise lief der Funkverkehr mit der Erde reibungslos. „Tower, hier Flug NN1114, bitte kommen!" Er musste doch schließlich dem Bodenpersonal mitteilen, dass die Maschine nun wieder regulär im Anflug war und um Landeerlaubnis bitten. „Tower, hier Flug NN1114, bitte kommen!" Keine Antwort, das Funkgerät blieb still…Der Pilot konnte nicht wissen, dass auf der Erde schon einige Tage vergangen waren und seine Maschine, Flug NN1114, bereits seit einigen Tagen verzweifelt gesucht wurde. „Merkwürdig, ich bekomme keine Verbindung zum Tower. Versuch Du es weiter", gab er seinem Co-Piloten den Auftrag. Immer wieder hörte man die verzweifelten Rufe aus der Kabine, „Tower, hier Flug NN1114, bitte kommen!" Unterdessen hatten sich auch die Stewardessen, nachdem sie sich davon überzeugt hatten, dass alle Fluggäste ruhig schliefen, ein wenig zur Ruhe begeben. Die unerwartete Aufregung hatte sie müde gemacht, aber nun war ja alles gut. Bald würden sie wieder zuhause bei ihren Lieben sein. Schnell noch ein kleines Schläfchen und dann musste der Landeanflug vorbereitet werden. Alles war gut. Sie ahnten nicht, dass ihre Lieben schon seit einigen Tagen verzweifelt am Flughafen auf eine Nachricht warteten. Sie ahnten nicht, dass sie schon seit einigen Tagen gesucht wurden. Nein, alles war gut. Sie hatten durch die Turbulenzen ein wenig Zeit verloren, sicher würden sie eine neue Anflugzeit und eine Landeerlaubnis bekommen. Alles war gut. Kein Grund zur Sorge.

Zur gleichen Zeit auf der Erde

Es waren nun schon zehn Tage vergangen, zehn Tage, die an den Nerven aller Beteiligten gezehrt hatten. Trauer hatte sich unter den Angehörigen der Fluggäste vom Flug NN1114 breit gemacht. Hilflose Trauer, die begann, sich in Wut umzuwandeln. In Wut und hilflose Verzweiflung. Von den Suchmannschaften hatte es auch noch keine gute Nachricht gegeben. Es waren immer die gleichen Meldungen, die herein kamen. Man hatte trotz modernster Technik noch nicht einmal die Blackbox des Flugzeugs gefunden. Nichts, nicht eine einzige Spur. Das war für alle Menschen schwer zu verstehen, einfach unbegreiflich. Der Sprecher der Fluggesellschaft musste jeden Tag die gleichen traurigen Nachrichten verkünden, nämlich, dass es nichts Neues gab, keine Spur, kein Hinweis. Die Hoffnung, die Lieben noch einmal wieder zu sehen, schwand mit jedem Tag mehr. Die Nachricht, dass ein ganzes Flugzeug mit samt seinen über 300 Passagieren spurlos verschwunden war, beschäftigte die Menschen mittlerweile auf der ganzen Welt. Man spekulierte, ob die Maschine abgestürzt war, vielleicht war sie aber auch entführt worden? Wer wusste das schon? Oder hatte vielleicht sogar der Pilot der Maschine seine Hände im Spiel und vielleicht ein anderes, fremdes Ziel angeflogen? Man hatte in seinem Haus einen Flugsimulator gefunden, auf dem er einige Strecken, die nicht vorgesehen waren, einstudiert hatte. Aber Tatsache blieb, bei allen Möglichkeiten, die erwogen und durchdacht wurden, das Verschwinden vom Flug NN1114 hätte auf dem Radarschirm zu sehen sein müssen. Und es war nichts, aber auch gar nichts zu sehen gewesen. Man hatte die Aufzeichnungen vom Radar mehrfach gesichtet und kontrolliert, aber, wie auch Herr M. schon von vornherein gesagt hatte, war die Maschine plötzlich nicht mehr auf dem Schirm gewesen. Als hätte eine große, geheimnisvolle Hand sie einfach weg gewischt, einfach ausradiert.

Etwas später im Cockpit

Auch nach einer Stunde hörte man immer noch den Co-Piloten in sein Mikrofon rufen. „Tower, hier Flug NN1114, bitte kommen. Tower, hier Flug NN1114, bitte kommen!" Seine Stimme klang sehr verzweifelt. Immer noch hatten sie keine Antwort vom Tower bekommen. Das war sehr Besorgnis erregend, dazu kam, dass auch der Höhenanzeiger der Maschine eine unglaubliche Flughöhe anzeigte. So eine Höhe konnte eine Linien-Maschine niemals fliegen. Seltsamerweise aber hatte die Maschine keinen Treibstoff verbraucht, das zeigten zumindest die Geräte an. Was war das nur alles? Dazu kam, dass die Maschine immer noch zu schweben schien, ja, sie glitt mühelos und sanft durch die Luft. Nachdem der Co-Pilot seine verzweifelten Versuche, zum Tower Kontakt aufzunehmen, aufgegeben hatte, wurde es sehr ruhig im Cockpit. Beide, der Pilot und sein Co-Pilot, waren nun auch sehr müde geworden. Die Aufregung durch diese heftigen Turbulenzen, die große Verantwortung, die sie für 300 Menschen trugen und nun der verzweifelte, aber ergebnislose Versuch, zum Tower eine Verbindung zu bekommen, das Alles hatte sie sehr gefordert. So dauerte es nicht mehr lange, der Pilot hatte noch schnell den Auto-Piloten eingeschaltet, bis beiden die Augen zu fielen und auch sie in einen tiefen, traumlosen Schlaf gefallen waren. Der Flug NN1114 glitt nun, wie von Geisterhand gesteuert, durch den Luftraum. Er schwebte sanft dahin, wie eine leichte Wolke, die von einem leichten Sommerwind getrieben wird. Alles war gut.

Zwei Stunden später im Cockpit

Zuerst schlug der Pilot die Augen auf, er fühlte sich ausgeruht und erfrischt. So als hätte er eine ganze Nacht lang geschlafen. Im selben Augenblick wurde auch sein Co-Pilot wach, ihm ging es genauso. So frisch und ausgeruht hatte er sich schon seit langem nicht mehr gefühlt. „Ich habe wunderbar geschlafen", sagte er zu seinem Kollegen. „Ja", antwortete der Pilot, „so lange und so tief und fest habe ich schon seit Monaten nicht mehr geschlafen. Ich fühle mich richtig gut. Wie geht es bei Ihnen?" „Mir geht es gerade so richtig gut, eigentlich habe ich mich, ehrlich gesagt, noch niemals in meinem Leben so gut gefühlt. Das ist irgendwie merkwürdig, nicht wahr?" „Wir sollten jetzt die Passagiere und die Stewardessen wecken, wir müssen ihnen sagen, dass wir keinen Funkkontakt zur Erde bekommen haben." Eine der drei Stewardessen war schon wach geworden und kam ins Cockpit, um zu hören, wie es weiter gehen sollte. Sie bekam die Anweisung, alle Passagiere vorsichtig zu wecken. Es dauerte auch nur wenige Augenblicke und schon waren alle zu sich gekommen. Der Pilot, der ja für all seine Passagiere die Verantwortung trug, hatte inzwischen die Kabine betreten. Er wollte diese Nachricht nicht über sein Mikrofon sprechen, nein, diese, doch sehr schlechte Nachricht wollte er persönlich an seine Passagiere weiter geben. Obwohl die Lage sehr unangenehm war, fühlte er sich gut, auf eine merkwürdige Weise war er so ruhig und zufrieden. Er machte sich keine Sorgen. „Meine Damen und Herren, ich wünsche Ihnen einen guten Morgen. Ich denke, Sie haben alle gut geschlafen. Sie wissen, wir hatten gestern einige sehr heftige Turbulenzen. Hoffentlich haben Sie sich gut von der Aufregung erholen können. Alle uns bekannten Verletzungen wurden ja bereits von den Stewardessen versorgt, sollten Sie noch weitere Hilfe benötigen, zögern Sie nicht, wenden Sie sich an die Damen. Gerne helfen sie Ihnen weiter. Leider muss ich Ihnen sagen, dass wir den Funk-Kontakt zum Tower und damit zur Erde verloren haben. Alle Versuche, zum Tower Kontakt aufzunehmen, sind erfolglos geblieben. Natürlich versuchen wir auch weiterhin, den Kontakt wieder herzustellen. Bitte geraten Sie nicht in Panik. Versuchen Sie, ruhig zu bleiben. Wir werden sicher zur Erde zurück kehren. Machen Sie sich keine Sorgen. Unser Treibstoff wird noch für einige Zeit reichen und sobald wir den Funk-Kontakt wieder hergestellt haben, werden wir den nächsten Flughafen anfliegen und dort sicher landen. Unsere Überprüfung hat ergeben, dass unsere Maschine keine nennenswerten Schäden davon getragen hat. Und bitte, zögern Sie nicht, wenden Sie sich bei jedem Anliegen an unsere netten Stewardessen, sie werden Ihnen gerne helfen." Das war ja nun mal eine Information, alles war gut. Die Maschine würde bald einen Flughafen anfliegen und dann landen. Keiner der Passagiere machte sich auch nur im Geringsten Sorgen, nein, alle blieben ganz ruhig und zufrieden. Diese unheimliche Ruhe verwunderte den Piloten nun doch ein wenig, aber er war erleichtert, dass seine Passagiere so vernünftig waren und nicht in Panik gerieten. Irgendwie schien, trotz der verzweifelten Situation, doch alles gut zu sein. Aber, wie sollte es weiter gehen? Ewig würde der Treibstoff nicht reichen. Auch die Luft in der Kabine würde irgendwann knapp werden. Und über 300 Menschen mussten doch auch etwas Trinken und etwas Essen. Wie lange würde das Bord-Menü noch reichen, allgemein wurde die Maschine immer nur für einen Flug versorgt, so dass jeder Passagier seine regelmäßigen Mahlzeiten bekam, dann gab es noch eine kleine Reserve an Bord, aber mehr nicht. Hunger, Durst, was waren das für Gefühle? Der Pilot stellte plötzlich fest, dass er sich gar nicht mehr daran erinnern konnte, wie es war, wenn er Hunger hatte. Auch das Gefühl des Dursts war ihm völlig fremd geworden. Äußerst interessant, dachte er so bei sich. Das würde aber sicherlich an der augenblicklichen Belastung liegen.

Auch nachdem die Maschine einige Stunden weiter durch den Luftraum geschwebt war, hatte sich die Treibstoffanzeige nicht verändert. Sie hatten scheinbar immer noch keinen Treibstoff verbraucht. Aber der Höhenmesser zeigte nun eine Höhe an, die einfach unwirklich war. In so einer Höhe konnte kein Linien-Flugzeug fliegen. Das war einfach unmöglich. Nun ja, die Maschine flog ja auch nicht wirklich, sie schien sanft wie eine Feder durch die Luft zu gleiten…Alles war gut.

Etwas später im Cockpit vom Flug NN1114

„Ich versuche es auch weiter, wir bekommen sicher gleich Kontakt zum Tower", der Co-Pilot wollte die Hoffnung nicht aufgeben. Irgendwann musste es ja funktionieren und der Funkkontakt zur Erde wieder hergestellt werden. „Tower, hier Flug NN1114, bitte kommen! Tower, hier Flug NN1114, bitte kommen!" Aber nichts tat sich, es kam keine Reaktion von der Erde. Der Co-Pilot und sein Chef, der Pilot ahnten ja nicht im Entferntesten, wie weit sie von der Erde bereits entfernt waren. Sie fühlten sich wohl, so machten sie sich auch keine großen Sorgen, irgendwann würde es wieder Funkkontakt zur Erde geben. Alles war gut. Gerade, als sie noch eine Weile beraten hatten, wie es weiter gehen würde, bemerkte der Co-Pilot ein kleines Signal aus dem Funkgerät…

In einer anderen Dimension

„Wir müssen es ihnen sagen, damit sie Bescheid wissen und ihre große Aufgabe kennen lernen." Die Weisen, die schon seit Jahrhunderten in einer anderen Dimension lebten, hatten beschlossen, etwas zu unternehmen. Sie hatten schon seit einer langen, sehr langen Zeit, dem schrecklichen Treiben auf unserem Planeten, der Erde, zugesehen und sich dabei große Sorgen gemacht. Die Menschen, denen sie den schönen Planeten Erde vor sehr langer Zeit anvertraut hatten, hatten leider immer noch nichts dazu gelernt. In Orient, dem wunderschönen Morgenland, das einst sehr große reiche Städte mit zahlreichen Einwohnern beherbergte, tobte ein barbarischer Krieg, in dem es darum ging, die Macht an sich zu reißen. Ein größenwahnsinniger Terrorist hatte eine riesige Schar Männer um sich versammelt, die er zu einer Armee ausbilden ließ. Einer Armee, die wirklich zu allem, was sich in der menschlichen Vorstellungskraft an Grausamkeiten nur entwickeln ließ, lernten diese Männer. Sie waren diesem Herrscher verfallen, sie taten alles, um seine schrecklichen Ideen zu verfolgen. Es war ihnen egal, was ihr Herz ihnen sagte. Es war ihnen egal, ob und wie sie töteten. Ja, sie töteten alle, alle Menschen, die nicht zu ihrer Religion gehörten und die auch nicht bereit waren, sich zu dieser Religion zu bekennen. Es war ihnen egal, jeder, der ihren Weg kreuzte, wurde getötet. Frauen und Kinder wurden entführt und an die anderen Soldaten verkauft. Reportern, die aus fernen Ländern gekommen waren, um über diese schrecklichen Verbrechen zu berichten, schlugen sie, ohne lange zu zögern, den Kopf ab. Sie verfolgten ein großes Ziel und jeder, der auch nur versuchte, sich ihnen in den Weg zu stellen, musste sterben. Ganz einfach. Grausame Filme von diesen Kriegsverbrechen, die sie selbst gedreht hatten, wurden über das Internet in der ganzen Welt verbreitet, um die Macht zu demonstrieren. Das Ganze war so schrecklich, aber es war von Menschenhand nicht mehr aufzuhalten. Die Weisen mussten mit schwerem Herzen den Menschen dabei zuschauen, wie sich selbst zerstörten und konnten nichts mehr dagegen tun. Sie erreichten die Menschen nicht mehr. Sehr viele Friedensengel hatten sie bereits vom Himmel in das Morgenland gesandt, weil sie gehofft hatten, so wieder Frieden zu stiften. Aber auch die Engel blieben machtlos. Sie konnten diese wahnsinnigen Menschen nicht mehr erreichen. Was hier im Namen einer Religion geschah, würde in kürzester Zeit alle Menschen umbringen. Das wussten sie, sie hatten ja schließlich jeder schon vor sehr langer Zeit in der Gestalt eines Menschen auf der Erde gelebt und nun verbrachten sie schon gemeinsam einige Jahrhunderte in dieser anderen, den Menschen völlig fremden Dimension. Von hier aus beobachteten sie die Menschen, sie sandten ihnen gute Gedanken und die Kraft zum Leben. Aber so ein grausames Verbrechen von Menschen an der Menschheit hatten sie noch nie gesehen.

Auch auf einem westlichen Kontinent tobte schon seit geraumer Zeit ein heftiger Bürgerkrieg. Bürger eines kleinen Landes kämpften um ihre Unabhängigkeit von einem großen, reichen Staat, der einfach zu mächtig geworden war. Hier waren schon so viele junge Männer zu Tode gekommen und die Weisen hatten zwischenzeitlich sehr viele Friedensengel aus dem Himmel gesandt, um die guten, friedlichen Gedanken unter den Kämpfern zu verbreiten, aber deren Missionen waren ohne Erfolg geblieben. Völker auf zwei Kontinenten der Erde würden sich selbst vernichten und es gab kein Halten mehr.

Auf einem anderen Kontinent lebten die Menschen in großer Armut, auch hier sandten die Weisen immer wieder gute, positive Gedanken, um den Menschen Kraft zum Leben zu geben. Diese armen Menschen lebten sehr gottesfürchtig und ehrlich. Sie hatten nicht viel zum Leben, aber sie glaubten an eine höhere Macht. Das hatte bisher immer ihr Leben gesichert.

Mit Schrecken hatten die Weisen in ihrer Dimension eines Tages beobachten müssen, wie ein Forscher ein Virus entwickelt hatte, das in der Lage war, sich sehr schnell auszubreiten und binnen weniger Stunden einen Menschen zu töten. Der Forscher war sehr stolz auf seine Entwicklung gewesen, das wäre die perfekte Waffe. Man hätte das Virus nur irgendwo auf der Erde aussetzen brauchen und schon wäre innerhalb weniger Tage eine ganze Nation vernichtet. Er hatte aber in seinem Eifer und seiner falschen Begeisterung nicht bedacht, das sich so ein gefährliches Virus auch in seinem Land sehr schnell ausbreiten und die armen Menschen innerhalb von wenigen Tagen umbringen würde. Nein, daran hatte er einfach nicht gedacht. Noch hatte er sich mächtig gefühlt, er war im Besitz einer absolut sicheren Waffe, dachte er. In Scharen starben diese guten Menschen an der Seuche und sie konnten nichts dagegen tun. Es tat den Weisen so weh, zu sehen, wie schnell dieses tödliche Virus um sich griff und ganze Dörfer auslöschte. Sie sandten zwar immer noch voller Kraft ihre guten Gedanken und Kräfte, aber mehr und mehr mussten sie einsehen, dass ihre guten Gedanken gegen diese schreckliche Krankheit nichts mehr ausrichten konnte. Durch die moderne Zeit, die auf der Erde angebrochen war, war es den Menschen möglich geworden, zu reisen. Man reiste von einem Land in ein anderes Land, von einem Kontinent zum nächsten, das war völlig normal geworden, etwas ganz Alltägliches. Auf diese leichtfertige Weise reiste aber auch das tödliche Virus mit den Menschen mit und konnte sich so sehr schnell auf der ganzen Erde ausbreiten. Das hatten die Menschen aber erst erkannt, als es schon zu spät war. Das Virus war mittlerweile auch in den verschiedensten Ländern angekommen und konnte sich ungehindert ausbreiten. So hatte es nicht lange gedauert und das Virus hatte große Teile der Menschheit ausgelöscht.

Die Weisen mussten erkennen, dass sie hier nichts mehr tun konnten. Sie hatten die Macht, mit der sie die Menschen auf der Erde beschützten und lenkten, verloren. Noch vor gar nicht langer Zeit hatten sie die kleine Elisabeth um die Erde geführt und sie hatte es geschafft, die Erde in eine riesengroße Seifenblase einzuhüllen, die diesen schönen Planeten vor allen Schäden, die die Menschen ihm zufügen konnten, schützte. So traurig es auch war, die Weisen konnten die Menschen nun nicht mehr aufhalten. Binnen kürzester Zeit würde die Menschheit sich selbst vernichtet haben, ein Teil der Menschheit würde sich in diesem schrecklichen Krieg umbringen, Männern brutal die Köpfe abschlagen und die Filme dieser Hinrichtungen um die ganze Welt verbreiten. Solange, bis der auch der letzte Mensch entweder dem Krieg oder aber dem tödlichen Virus zum Opfer gefallen war. Lange konnte es nicht mehr dauern und der schöne Planet Erde würde nicht mehr existieren. Er wäre ohne seine Bewohner, weil seine Bewohner es geschafft hatten, sich selbst komplett zu vernichten. Diesen Wahnsinn konnten selbst die Weisen nicht mehr aufhalten. Nach reiflicher Überlegung und sehr vielen langen Diskussionen hatten sie dann gewusst, was zu tun war. Sie hatten eine Entscheidung von großer Bedeutung getroffen. Ihnen war klar, dass es auf der Erde auch noch einige Menschen gab, die ein gutes Herz hatten. Einige von ihnen mussten sie in Sicherheit bringen, das war eine sehr schwere Entscheidung gewesen, sie wussten, wie die Angehörigen dieser lieben Menschen leiden würden, wenn sie ihre Liebsten nicht wieder sahen, aber es musste sein. Und so hatten sie entschieden, den Flug NN1114 zu sich zu holen und diese 300 Menschen, die ahnungslos in die Maschine gestiegen waren, vor dem Untergang der Menschheit zu bewahren. Und es waren ja nicht nur diese 300 Menschen, ganz besondere Menschen, die nicht wussten, was mit ihnen geschehen war. Unter ihnen war auch ein ganz besonderer Mensch, ein Mensch, der unbedingt vor diesen grausamen Geschehnissen auf der Erde geschützt werden musste! Dieser Mensch war, natürlich, unsere kleine Elisabeth. Dieses kleine Mädchen, mit dem reinsten aller Herzen, das sie vor sehr langer Zeit aus ihrer Dimension auf die Erde geschickt hatten, um die Erde zu retten, war unter den 300 Menschen an Bord. Keiner der anderen Passagiere, außer ihren Eltern, ahnte auch nur im Geringsten, was für ein besonderer kleiner Mensch unsere kleine Elisabeth war. Und so sollte es sein. Diese guten

Menschen und die kleine Elisabeth mussten so lange in ihrer Dimension beschützt werden, bis es so weit war. Das bedeutete, dass sie erst dann auf die Erde zurück kehren könnten, wenn alle diese furchtbaren Kriege endlich beendet waren. Und wenn das tödliche Virus alle Menschen, die nicht im Krieg getötet wurden, auch noch beseitigt hatte. Ja, diese 300 guten Menschen konnten erst dann wieder auf ihren Planeten zurück, wenn alle großen Katastrophen ausgestanden waren. So lange würden sie, unter dem Schutz der Weisen, ihre Zeit in einer anderen Dimension ohne Zeit und Raum verbringen. Nun war aber die Zeit gekommen, diesen Menschen ihre große Aufgabe näher zu bringen, das würde sie sicher sehr erschrecken…

Nach einem Monat auf der Erde

Die Hoffnungen, die Passagiere des Flugs NN1114 noch lebend aufzufinden, waren geschwunden. Angehörigen der Fluggäste hatten während dieser Zeit auf dem Flughafen ausgeharrt. Sie hatten demonstriert und vom Sprecher der Fluggesellschaft eine genaue Aufklärung des Unglücks gefordert. Aber wie sollte etwas aufgeklärt werden, für das Menschen keine rationale Erklärung finden können? Das war eine unmögliche Forderung. So reisten die Familien und Freunde nach und nach vom Flughafen wieder nach Hause ab, einige hatten jede Hoffnung verloren, andere beteten weiter, sie hofften immer noch, dass ihre Lieben irgendwann nach Hause zurück kehren würden. Am Flughafen kehrte langsam der normale Alltag zurück. Reisende kamen an, Reisende flogen ab, es blieb alles wie immer. Nur dachte jeder immer noch an das rätselhafte Verschwinden des Flugs NN1114, aber auch die Erinnerung daran verblasste immer mehr. Die Suchmannschaften zur Luft und zur See hatten angekündigt, dass sie ihre Suche bald einstellen würden, weil die Wahrscheinlichkeit, auch nur noch irgendeine, noch so kleine Spur, vom Flug NN1114 zu finden, immer mehr schwand. Sie wollten noch etwa zwei Wochen die Suche fortsetzen, wenn es dann aber noch keinen Anhaltspunkt gab, würden sie die Suche einstellen. Solche großen Suchaktionen kosten nun mal auch viel Geld, das gaben sie zu bedenken und wer würde irgendwann die Kosten tragen?

Nach einem Monat in der Kabine von Flug NN1114

Die Passagiere fühlten sich auf eine seltsame, wunderbare Art und Weise, wohl. Es ging ihnen gut, sie hatten jedes Gefühl für Zeit und Raum verloren, sie fühlten sich gut. Nur Elisabeths Mutti hatte jeden Tag ein Kreuzchen in ihren Taschenkalender gemacht. Sie verfolgte die Zeit auf ihrer Armbanduhr, immer wenn 24 Stunden vergangen waren, hatte sie ein neues Kreuzchen gemacht. So hatte sie wohl bemerkt, wie viel Zeit bereits vergangen war, aber sie machte sich darüber keine Sorgen. Alles war ja gut. „Elisabeth, mein Schatz. Weißt Du, was heute für ein Tag ist?" „Nein, Mami, was ist denn heute für ein Tag?" „Schatz, mein Kalender sagt, Du hast heute Geburtstag. Ist das nicht schön? Heute wirst Du sechs Jahre alt. Ich freue mich so, wir erleben Deinen sechsten Geburtstag auf eine ganz besonders schöne Art und Weise. Ich weiß zwar nicht, was das gerade für ein seltsames Leben ist, das wir hier leben, aber es ist ein besonderes Leben. Und genau in diesem besonderen Leben feiern wir heute Deinen sechsten Geburtstag. Wie schön." Nun, das freute unsere kleine Elisabeth, sie hatte heute Geburtstag, welches kleine Kind freut sich da nicht. „Komm, mein Schatz, ich erzähle Dir eine Geschichte." „Ja, bitte. Eine Geschichte, wie schön." „Ich erzähle Dir heute die Geschichte vom kleinen Elefanten Tuju, der fast seinen Geburtstag verschlafen hätte." „Was? Ein Elefant

hat auch Geburtstag? Das ist aber lustig. Mami, erzähl, bitte!"
Nun war aber jemand aufgeregt. Sehr gespannt hörte unsere
kleine Elisabeth ihrer Mutti zu, die mit dem Erzählen begann:
Vom Elefanten, der beinah seinen Geburtstag verschlief
Es war einmal ein kleiner Elefant, der hieß Tuju. Er freute sich
so auf seinen Geburtstag, dass er es kaum mehr erwarten
konnte. Schon seit Tagen plante und arbeitete er für das Fest.
Es sollte das tollste Geburtstagsfest werden, das je im
Dschungel gefeiert worden war. Tuju sammelte Bananen,
Kokosnüsse, Palmenkerne, Bambussprossen und anderes
Knabberzeug. Er fegte die Lichtung mit einem riesigen Besen
und säuberte das Unterholz. Er baute schöne Bänke und Tische,
damit alle bequem sitzen konnten. Danach baute er auch noch
ein Blätterdach, damit seine Gäste nicht nass wurden, falls
plötzlich ein starker Tropenregen kommen sollte. Er schrieb
die Einladungen auf Bananenblätter und schickte sie per
Papageien-Post an alle seine Freunde. Tuju hatte die
unterschiedlichsten Gäste eingeladen: Affen, Nashörner,
Schlangen, Krokodile, Kolibris, Papageien, Kakadus, Tiger,
Vogelspinnen, Mäuse, Fliegen, Fledermäuse, Spatzen und
Paradiesvögel. Das würde eine wunderschöne Feier geben, bei
so vielen Gästen. Ach ja, Geburtstag feiern war schön. Aber die
Vorbereitungen   waren   ungeheuer   anstrengend   …
Als nun sein Geburtstag endlich da war, war der kleine Elefant
so müde, dass er sich am Rande der Waldlichtung unter einen
Feigenbaum legte und ausruhte. „Nur ein paar Minuten!",
dachte er. „Damit ich am Nachmittag ausgeruht bin, wenn die
Gäste kommen!" Aber weil der kleine Elefant so sehr geschuftet
hatte, war er so hundemüde, oder besser gesagt elefantenmüde,
dass er in einen tiefen Schlaf fiel. Er schnarchte immer noch
ganz laut, als die ersten Gäste kamen. „Seht mal, unser
Geburtstagskind schläft!", kicherte der Papagei. „Soll ich ihn am
Rüssel ziehen?", sagte die Maus. „Soll ich ihn vielleicht ein
bisschen anrempeln?", grunzte das Nashorn. „Soll ich ihn mit

meinen Federn hinter den Ohren kitzeln?", sagte der Paradiesvogel. „Soll ich ihn am Schwanz ziehen?", rief ein vorwitziges Affenkind. „Soll ich ihn in die Ferse zwicken?", zischelte die Schlange. „Soll ich ihn in den Po beißen?", wisperte die Vogelspinne. „Soll ich ihn unter den Füßen kitzeln?", erbot sich der Tiger. „Nein, ich habe eine bessere Idee", sagte das Krokodil. „Wir singen alle gemeinsam ein Geburtstagsständchen. Dann wird er schon aufwachen!" Sie zogen sich in den Dschungel zurück und berieten eine Weile, bis sie endlich ein Lied fanden, das allen gefiel. Die Melodie dazu hatte sich die musikalische Maus ausgedacht. Die Töne waren ganz einfach zu lernen und bald konnten alle sie summen oder wenigstens im Takt dazu klatschen. Dann liefen einige Tiere weg und holten Buschtrommeln und Trompeten. Der Affe hatte eine selbst gebastelte Kokosnuss-Rassel. Der Spatz konnte ohne Pfeife pfeifen. Die Klapperschlange wollte im Takt dazu klappern, das Nashorn das Horn blasen. Die Spinne spann einen Satz Notenzeilen auf ein großes, gelbes Gummibaumblatt und die Fliege punktete die Noten hinein. Das war der Spickzettel für alle, die ein schlechtes Gedächtnis hatten, wie zum Beispiel der alte Kakadu. „Auf los geht's los!", sagte das Krokodil. Dann schlichen sie zurück zu der Waldlichtung, wo das Geburtstagkind Tuju immer noch unter seinem Feigenbaum lag und tief und fest schlief. „Jetzt geht's looohooos!", rief das Nilpferd halblaut. Und dann brach ein Höllenspektakel los. Erschrocken fuhr Tuju aus den schönsten Träumen hoch. War es Wirklichkeit oder Traum, was er da erlebte? Alle Gäste waren schon da! Sie standen vor ihm und sangen immer wieder das schöne Lied, das inzwischen bei allen Geburtstagen der Welt gesungen wird: „Häppi Börsdä, Tuju!" Das ist Dschungelisch. Man kann es schlecht übersetzen. Aber Tuju hat es verstanden. Alle waren gekommen um ihm zu gratulieren und mit ihm zu feiern. Da war Tuju sehr glücklich. Nun sangen plötzlich alle Passagiere gemeinsam „Happy Birthday to you".

Das war ein schöner Geburtstag für unsere kleine Elisabeth, jetzt war sie nach der irdischen Zeitrechnung schon ganze sechs Jahre alt. Sie freute sich, Kinder gehen auf der Erde ab dem sechsten Lebensjahr in die Schule und sobald sie wieder auf der Erde gelandet sein würden, konnte sie endlich Lesen und Schreiben lernen. Dann wollte sie alle ihre Erlebnisse, die sie mit Mariechen und dem großen, weisen, alten Vogel geteilt hatte, aufschreiben. Darauf freute sie sich schon sehr.

Im Cockpit vom Flug NN1114

Fast hätten sie es nicht bemerkt. Auch der Pilot und sein Co-Pilot hatten voller Begeisterung das Geburtstagslied für die kleine Elisabeth mitgesungen. So eine schöne Abwechslung war das gewesen. Sie saßen nun schon sehr lange Zeit im Cockpit und kontrollierten die Geräte, die den Flug überwachten. Es hatte sich aber nichts verändert, sie hatten keinen Treibstoff für das Flugzeug verbraucht, die Flughöhe war immer noch unglaublich hoch, aber … sie machten sich darüber keine Sorgen. Nein, alles war gut, wie immer. Plötzlich hörte der Pilot etwas. Was war das? Was mochte das nun schon wieder sein? Zuerst rauschte es im Funkgerät, dann hörte auch der Co-Pilot ein leichtes, leises Knacken aus dem Funkgerät. Beide sahen sich voller Erwartung an, war das vielleicht endlich eine Nachricht von der Erde? Nach so langer Zeit. Dann wurde es wieder ruhig. Eine Weile blieb es auch ganz still, bis wieder merkwürdige Töne aus dem Funkgerät zu hören waren. Wenn es dem Tower auf der Erde nun endlich gelungen war, doch den Funkkontakt wieder herzustellen? Was wäre dann? Konnten sie zur Erde zurück kehren? Oder hatten sie sich nur geirrt? Aber zwei Erwachsene konnten sich doch nicht gleichzeitig irren? Nach so langer Zeit hatten sie sich schon an dieses, doch sehr denkwürdige, Leben gewöhnt. Sie waren zufrieden, ruhig und auf eine sehr merkwürdige Art und Weise sehr glücklich. Lange hatten sie sich nicht mehr so wohl gefühlt. „Was war das? Haben Sie das auch gehört?" Der Pilot sah seinen Co-Piloten mit ernster Miene an. „Ja, ich habe auch dieses seltsame Geräusch aus dem Funkgerät gehört, aber was war das nur? Vielleicht gibt es eine technische Störung und unsere Geräte beginnen nach der langen Zeit, verrückt zu spielen." Möglich war alles, dass mussten sie sich eingestehen. Sie trieben ja nun schon seit einer sehr langen Zeit mit der Maschine irgendwo im Luftraum. Da war es sicher völlig normal, wenn die Geräte ausfielen oder falsch reagierten. Schließlich handelte es sich hier um hochwertige Technik und die musste auch regelmäßig kontrolliert werden. Das taten sie zwar jeden Tag, wenn die Sonne aufging, aber auf der Erde konnten die Kontrollinstrumente nun einfach besser und gründlicher überprüft werden. Schon gab es wieder etwas. Beide hörten wieder, wie das Funkgerät merkwürdige Geräusche von sich gab. Da war es wieder, ein leichtes Rauschen ertönte aus dem Lautsprecher, der Co-Pilot drehte sofort auf volle Lautstärke. Wenn es da etwas gab, mussten sie sofort reagieren und sich bemerkbar machen. „Tower, hier Flug NN1114, bitte kommen! Tower, hier Flug NN1114, bitte kommen! Tower, hier Flug NN1114, bitte kommen!" Daraufhin passierte leider nichts. So kamen die zwei zu der Überzeugung, dass sie sich wohl doch geirrt hatten. Es konnte schon mal passieren, dass ihr Gehirn begann, ein wenig verrückt zu spielen, ihnen etwas vorzugaukeln. Etwas, dass sie sich so sehr erhofften. Schließlich lebten sie in einer sehr außergewöhnlichen Situation, vielleicht hatte der tiefe Wunsch in ihnen, doch zur Erde zurück zu kehren, dazu geführt, dass sie dachten, etwas zu hören. Wer wusste das schon? Trotzdem zweifelten sie, zwei Erwachsene konnten doch nicht gleichzeitig das Gleiche hören und es war doch nicht da gewesen? „War das nun real?" Der Pilot wagte nicht, darüber nach zu denken. Sollten sie den Passagieren etwas davon sagen? Oder sollten sie es doch besser erst mal für sich behalten? Schnell hatten sie beschlossen, ihr Wissen, ihre Zweifel vorerst für sich zu behalten, um die Passagiere nicht zu beunruhigen. Es wäre fatal gewesen, wenn sie Hoffnungen in den Passagieren geweckt hätten, die sich dann doch falsche gewesen waren. Wie schnell würde sich eine Unruhe ausbreiten, es war klar, jeder wollte gerne nach Hause zu seinen Lieben. Und sie schwebten ja nun schon eine sehr lange Zeit mit ihrer Maschine durch die Luft. Nein, so hatten sie beschlossen, über das, was sie gerade erlebt hatten, wenn sie es denn überhaupt erlebt hatten, zu schweigen. Die vielen Menschen in der Kabine waren so ruhig und glücklich, nein, wenn sie über das Erlebte gesprochen hätten, wäre nur eine unnötige Unruhe entstanden und es war so schön, hier oben mit so vielen glücklichen, zufriedenen Menschen durch die Luft zu treiben.

Zur gleichen Zeit in der Kabine vom Flug NN1114

Alle Passagiere waren zufrieden, sie fühlten, dass hier etwas Seltsames im Gange war. Das gab ihnen jedoch keinen Grund zur Sorge, nein, ganz im Gegenteil, alles war gut. Es konnte nicht besser sein. Und nun hatten sie auch noch einen besonderen Geburtstag erlebt, richtig schön war es gewesen, als sie alle das Geburtstagslied für dieses süße kleine Mädchen gesungen hatten. Ein warmes Gefühl der Freundschaft, der Geborgenheit, eines wunderschönen Miteinanders war über die lange Zeit, in der sie nun schon unterwegs waren, entstanden. Sie waren nur sehr verwundert, niemals hatten sie während dieser Zeit, das Gefühl von Hunger oder Durst verspürt. Nein, sie waren alle sehr entspannt, ruhig und ausgeglichen. Ja, man konnte sagen, dass sie einfach, auf eine ganz besondere Art und Weise, glücklich waren.

Etwas später auf der Erde

Es war mittlerweile so viel Zeit vergangen, die Suchmannschaften hatten weder in der Luft, noch im oder unter Wasser auch nur die geringste Spur vom Flug NN1114 entdecken können. Sie hatten den Umkreis der Suche noch deutlich erweitert, aber nicht den kleinsten Anhaltspunkt über das plötzliche Verschwinden der Maschine ausfindig machen können. Auch selbst mit der modernsten Technik hatte sich nichts ergeben. So wurde die Suche eingestellt. Das Geheimnis um den Flug NN1114 würde wohl für immer ungelöst bleiben. Es fiel allen sehr schwer, diese traurige Tatsache zu akzeptieren. Aber das Leben ging nun mal weiter. Es musste weiter gehen. Alle wurden vom Alltag wieder eingeholt, sie gingen wieder ihrer Arbeit nach, kamen am Abend nach Hause, freuten sich auf den gemeinsamen Abend mit ihren Lieben. Je mehr Zeit verging, umso weniger schmerzten diese traurigen Wunden, die das rätselhafte Verschwinden des Flugs in ihre Herzen gerissen hatte. Langsam kehrte die Normalität wieder in ihre Leben zurück, es war eine andere Normalität geworden, weil die Lieben ja nicht mehr zurück kamen. Ja, sie mussten sich damit abfinden, es war so, Flug NN1114 würde niemals zurück kehren, trotzdem ging das Leben irgendwie weiter. So traurig, wie das Ganze auch war, es musste auch endlich beendet werden. Sicher wäre es für viele einfacher gewesen, zu wissen, dass das Flugzeug abgestürzt war. Mit einer vollendeten Tatsache, der Gewissheit, dass man seine Lieben auf tragische Weise durch ein Flugzeugunglück verloren hatte, konnte man sicher einfacher umgehen, als mit dieser Ungewissheit. Man würde eine Zeit um den geliebten Menschen trauern, aber so hätte man Gewissheit. Hier blieben alle Fragen offen, so etwas war noch nie in der ganzen langen Geschichte der Luftfahrt passiert. Noch niemals war ein Flugzeug spurlos verschwunden.

Es schien, als wäre Flug NN1114 verschluckt worden. Und auf der Erde starben weiterhin Menschen in dem barbarischen Krieg im Morgenland, der Krieg auf dem westlichen Kontinent tobte weiter. Die tödliche Seuche forderte immer mehr Opfer. So viele Menschen starben auf der Erde Tag für Tag einen sinnlosen Tod.

In einer anderen Dimension

„Die Zeit ist gekommen. Sie sind bereit. Wir nehmen nun den Kontakt auf und erklären ihnen ihre große Aufgabe." So sprach der Anführer der Weisen, die im Himmel, in einer ganz anderen, den Menschen unvorstellbarer, Dimension lebten. In dieser Dimension existieren weder Zeit noch Raum, kein Mensch leider Hunger oder Durst. Es existieren weder Krankheiten, noch stirbt man in ihr. Das ist etwas, das unseren Menschen völlig unvorstellbar erscheint. Die Weisen, die schon sehr viele Jahrhunderte in dieser Dimension leben, hatten das unglückselige Treiben auf der Erde schon sehr lange mit großer Sorge betrachtet. Lange Zeit hatten sie nun auch die Passagiere des Flugs NN1114 noch beobachtet, um sicher zu gehen, dass ihre große Entscheidung richtig war. Doch jetzt war die Zeit gekommen. Sie hatten gehört, wie alle Menschen an Bord für ihre kleine Elisabeth gemeinsam das Geburtstagslied gesungen hatten. Während der ganzen Zeit, in der die Maschine nun schon in der Luft schwebte, hatte sich unter den Passagieren dieses besondere Gefühl ausgebreitet. Dieses Gefühl von Wärme, Mitgefühl, Güte und Liebe zu einander, hatten sie den Menschen gesandt. Immer wieder hatten sie die guten Gefühle gesandt, um diese 300 Menschen auf ihre große Aufgabe vorzubereiten. Und nun war es so weit, der richtige Zeitpunkt war gekommen, den Menschen ihre große Aufgabe zu erklären.

Im Cockpit von Flug NN1114

Der Pilot sah völlig erstaunt auf sein Funkgerät. Da war es wieder! Sein Co-Pilot, der dieses seltsame Signal im gleichen Augenblick bemerkt hatte, griff sofort zu seinem Mikrofon. „Tower, hier Flug NN1114, bitte kommen! Tower, hier Flug NN1114, bitte kommen!" Immer wieder rief er diesen einen kurzen Satz in sein Mikrofon. Vom Tower, den er vergeblich anfunkte, kam keine Rückmeldung. Stattdessen ertönte plötzlich wieder dieses seltsame leise Rauschen. Dieses Rauschen beunruhigte weder ihn noch den Piloten, nein, es war ein sehr angenehmes Rauschen, fast wie das Rauschen eines Meeres an einem schönen, ruhigen Sommertag. Sehr angenehm, so lehnten sich beide wieder zurück in ihre Sitze und lauschten diesem angenehmen Geräusch eine Weile. Es war so schön hier, so sollte es für immer bleiben. So hatten sie eine Weile, keiner der Beiden wusste wie lange, gesessen, als das Geräusch langsam verebbte und sich in eine sanfte, leichte, sehr angenehme Musik verwandelte. Das war keine Musik von der Erde, sie war so wunderschön, beide blieben entspannt in ihren Sitzen und lauschten nun dieser Musik. Nein, das war wirklich keine irdische Musik, sie hörte sich an, wie von Engeln gemacht, einfach himmlisch. Diese wunderschönen sanften Töne, so etwas hatten sie auf der Erde niemals zuvor gehört. Durch diese wunderschöne Musik fühlten sie sich, wie in Watte eingehüllt, als würden sie auf einer Wolke treiben. Das war zu wunderschön und durfte niemals aufhören. Mit einem seligen Lächeln saßen die zwei in ihren Sitzen und ließen sich treiben. Die Musik drang nun auch in die Kabine, so dass sie von allen Passagieren gehört wurde. Ihnen erging es nicht anders, die Musik war so unglaublich schön, dass sich alle sofort von ihr eingenommen fühlten. Über 300 Menschen saßen in ihren Sitzen, ob alt, ob jung, Frau, Mann oder Kind, alle lauschten dieser wunderbaren, engelhaften Musik. Sie waren fasziniert, auf der Erde hatte keiner von ihnen jemals so etwas Wunderbares gehört. Nein, das hatte es noch niemals gegeben. Das war Musik, nicht von dieser Erde, die sie noch kannten. Keiner der Fluggäste fragte sich auch nur eine Sekunde lang, was das für eine Musik war. Alle gaben sich diesem wunderschönen Gefühl, dass diese Musik ihnen bereitete, hin. Sie alle fühlten sich einfach wunderbar. Das war so schön. Schon lange hatten sie ja dieses Gefühl von völliger Sorglosigkeit und Leichtigkeit in sich verspürt, aber in Verbindung mit dieser Engelsmusik fühlten sie sich völlig leicht. Alles war gut. Einige Zeit lang hatten alle dieser wunderschönen, nicht irdischen Musik zugehört, sie waren in diese Musik hinein gesunken, es war gewesen, als seien sie alle auf einer Wolke dahin geschwebt. Nun war plötzlich eine Stimme zu hören. Nicht aus dem Funkgerät im Cockpit, nein, diese Stimme kam von wo anders. Es war eine Stimme, die nicht von dieser Erde kam. So eine wunderbare Stimme hatte noch keiner von ihnen jemals vernommen. Diese Stimme, sie war unglaublich bezaubernd, sie hüllte alle ein, jeder fühlte sich wunderbar geborgen und geliebt.

„Ihr lieben Menschen, Ihr seid ausgewählt. Wir haben Euch zu den wenigen besonderen Menschen ausgewählt, die mit einer großen, sehr großen, Aufgabe betraut werden. Sicher fragt Ihr Euch, was eigentlich passiert ist und wo Ihr eigentlich seid? Ich werde es Euch jetzt erklären." So begann diese wunderbare Stimme, die Passagiere fühlten immer noch dieses wohlige Gefühl von Geborgenheit. Das hatten sie auf der Erde niemals gekannt, so ein wunderbares Gefühl. „Wir haben Euch auserwählt, Ihr seid auserwählt, Euren Planeten, die Erde einmal in ferner Zukunft wieder zu besiedeln. Seit Jahrhunderten beobachten wir alle Planeten, es ist unsere Aufgabe, über alle Planeten und über das ganze Himmelreich zu wachen. Einmal, vor langer, irdischer Zeit, mussten wir schon eingreifen, um Euren Planeten zu retten. Es ist damals, mit

Hilfe unseres kleinen Engels, Elisabeth, gelungen. Elisabeth musste sich oft, sehr oft, in große Gefahr begeben, um die Bewohner des Planeten Erde, also, Euch Menschen, zu retten. Leider mussten wir erkennen, dass Ihr, die Menschen, immer noch nicht dazu gelernt, habt. Es wird nicht mehr sehr lange dauern und die Menschheit auf der Erde wird vernichtet sein. Kein Mensch kann dann mehr auf der Erde leben. Schuld werden die Menschen selbst sein, sie vernichten sich selbst. Wir beobachten schon sehr lange, wie kalt und gefühllos sie miteinander umgehen. Es toben so schreckliche, barbarische Kriege auf Eurer Erde, wir haben so oft Friedensengel in diese Gebiete gesandt, um die Menschen zu bekehren und zum Frieden zu bewegen, aber nein, unsere Bemühungen waren umsonst. Die Menschen waren nicht bereit, die Friedensengel, ihre Gebete und Ratschläge, anzunehmen. Nein, sie sind so von Hass erfüllt, dass sie sie nicht einmal mehr sehen können. Sie werden sich weiter töten und sich so ausrotten. Die wenigen, die es vielleicht noch schaffen, den grausamen Kriegen zu entkommen, werden sich nicht mehr gegen diese schreckliche Krankheit, die von einem Wissenschaftler, als tödliche Waffe erfunden wurde, wehren können. Dieses Virus ist durch die Habgier und die Dummheit der Menschen entstanden, es wird die Menschheit endgültig vernichten. Nein, wären die Menschen nicht so kalt und blind geworden, könnten wir es noch mit Hilfe unserer Friedensengel schaffen, Eure Menschheit zu retten und vor dem Aussterben zu bewahren. Aber nun sind wir machtlos. Unsere Friedensengel sind resigniert zu uns zurück gekehrt. Sie werden von den Menschen einfach nicht mehr wahr genommen. Immer wieder haben wir einige von ihnen auf die Erde geschickt, um die Menschen zu warnen und ihnen den richtigen Weg zu zeigen. Früher, als die Menschheit noch nicht so kalt war, als noch Mitgefühl und Hilfs-Bereitschaft unter ihnen existierten, hatten unsere Engel es einfacher. Ihnen wurde geglaubt und die Menschen folgten ihren Ratschlägen.

Einer von ihnen war der weise Seher Nostradamus, eine andere war Mutter Theresa. Auch die gute Hildegard von Bingen haben wir auf die Erde gesandt. Und so viele andere, meist wurden sie aber nur milde von den Menschen belächelt und als Spinner oder Verrückte bezeichnet. Sie mussten einiges über sich ergehen lassen, ohne etwas dagegen ausrichten zu können. So mussten wir eine Entscheidung treffen. Eine Entscheidung, die große Auswirkungen auf Euer Leben und auf das Leben Eurer Lieben, die noch auf der Erde leben, haben wird. Wir sind nicht in der Lage, alle Menschen vor sich selbst zu retten. Das ist uns unmöglich. So haben wir entschieden, dass wir Euch, Euch lieben Menschen, zuerst einmal in Sicherheit bringen. Später, wenn es dann wieder möglich sein wird, auf der Erde zu leben, kehrt Ihr auf Euren Planeten, die Erde, zurück. Macht Euch keine Sorgen, Ihr steht unter unserem Schutz. Ihr habt sicher schon gemerkt, dass Ihr während Eurer besonderen Reise bis heute keinen Hunger und keinen Durst verspürt habt. Ihr werdet nicht müde, streitet Euch nicht. Das ist von uns gemacht. Ihr seid gerade auf einer wunderbaren Reise, einer Reise, die Euch und der zukünftigen Menschheit den Frieden und Glückseligkeit auf die Erde bringen wird. Nun fragt Ihr Euch sicherlich, wie das möglich sein kann. Es ist ganz einfach. Unser himmlischer Vater hat vor einer sehr langen Zeit, vor Milliarden von Jahren, das Universum, in dem wir alle leben, geschaffen. Sterne, Planeten, das Himmelszelt, einfach alles, was uns umgibt, hat er mit einer wunderbaren Kraft geschaffen. Natürlich ist auch in dieser großen Schöpfung nichts unendlich, so kommt es, dass manchmal ein Stern, der schon Millionen Jahre alt ist, stirbt. Das passiert und es nichts Trauriges. Das ist völlig normal im Universum und passiert bei dieser unendlichen Anzahl von Sternen nach Eurer irdischen Zeitrechnung jeden Tag mehrere Male. Ich weiß, wenn auf Eurer Erde ein lieber Mensch stirbt, seid Ihr traurig, auch das ist normal und soll so sein. Aber wenn ein Stern stirbt, gibt es keinen Grund zur

Traurigkeit, ja, Ihr Menschen bemerkt es auf der Erde noch nicht einmal. Was passiert mit dem sterbenden Stern? Es ist ganz einfach, der alte, sterbende Stern explodiert mit einem Riesenknall. Ihr bemerkt es auf der Erde nicht, Ihr hört weder den Knall, noch seht Ihr die Explosion, das Ganze geht für Euch Menschen auf der Erde unbemerkt vonstatten. Nach der Explosion tritt an die Stelle des gestorbenen Sterns eine andere Dimension, einige Wissenschaftler unter Euch Menschen bezeichnen es als „Schwarzes Loch". Das ist aber nicht ganz richtig, an der Stelle, an der ein Stern gestorben ist, entsteht eine andere Dimension. Eine Dimension, in der es weder Zeit, noch Raum gibt. Dieses „schwarze Loch", diese andere neue Dimension saugt zuerst einmal alles ein, was in seiner Umlaufbahn zu erreichen ist. Es funktioniert wie ein überdimensionaler Staubsauger. Alles, was es dann angesaugt hat, beschützt und liebt diese Dimension auf eine unendliche und unbeschreibliche Art und Weise. Alle besonderen Gefühle, die Euch Menschen verloren gegangen sind, werdet Ihr in dieser Dimension wieder neu erfahren, während sich die Menschheit auf der Erde weiter vernichten wird. Wenn Ihr dann bereit seid, geleiten wir Euch auf die Erde zurück und Ihr habt die große Aufgabe, die Erde wieder neu zu besiedeln und eine neue Zivilisation, eine Zivilisation, in der sich die Menschen nicht mehr durch barbarische Kriege oder Greueltaten vernichten. Eine Zivilisation, in der Liebe, Mitgefühl, Verständnis und Glück die Hauptrolle spielen. Hier, in dieser Dimension werdet Ihr gut vorbereitet. Vertraut uns, wir und unser himmlischer Vater lieben Euch. Wir werden gut auf Euch Acht geben, bis der richtige Zeitpunkt gekommen ist. Bis es so weit ist, werdet Ihr auch weiterhin, wie bisher, die Zeit in dieser geschützten Dimension verbringen. Euch wird nichts passieren. Ihr seid etwas sehr Besonderes."

Als die engelhafte Stimme verklungen war, hörten alle Passagiere wieder diese wunderbare, engelhafte Musik. Sie waren glücklich, nun wussten sie, was geschehen war. Sie hatten keinen Anlass, sich Sorgen zu machen. Nun wussten sie, alles würde gut werden. Noch lange lauschten sie der engelhaften Musik, bis diese dann wieder in das sanfte Rauschen, das so sehr dem Meeresrauschen auf der Erde ähnelte. Sie vertrauten voller Zuversicht auf das, was ihnen gesagt worden war. Alles war gut. Und später einmal würden sie wieder auf ihren Planeten zurück kehren, dann hatten sie es in der Hand, eine neue Menschheit zu schaffen. Im Augenblick spielten Zeit und Raum gar keine Rolle mehr, kaum einer von ihnen konnte sich noch an das Leben auf der Erde erinnern. Hier, in dieser Dimension war es einfach zu schön. Alles war gut. Auch Elisabeth hatte der so wunderbar klingenden Stimme gespannt zugehört. Ja, sie hatte alles begriffen. Nun machte sie gemeinsam mit ihren Eltern eine wunderbare Reise, da war sie doch gerne dabei. „Mami, erzählst Du mir eine Geschichte? Ich möchte jetzt gerne eine Geschichte hören." „Aber klar, mein Schatz. Was magst Du denn hören?" Elisabeths Mutti hatte auf der Erde viele Bücher gelesen, so konnte sie immer die wunderschönsten Geschichten erzählen. „Bitte die Geschichte von den kleinen Feen, die in den Rosen wohnen. Bitte, Mami." „Gut, meine Süße, hör gut zu." In der Kabine war es still geworden, alle Mitreisenden hatten inne gehalten und wollten nun auch gerne wieder eine schöne Geschichte hören. Von der Geburtstagsgeschichte für die kleine Elisabeth waren sie alle sehr begeistert gewesen und nun hörten sie alle zu.

„Seit vielen, vielen Jahren gibt es einen unendlich schönen Garten, in dem auch einige Feen leben. Sicher weißt Du, dass es sehr große Feen gibt, etwa so groß wie Menschen, mit langen schillernden Haaren und sternenbunten Flügeln. Die Feen aber, von denen ich Dir heute erzähle, sind so winzig klein wie ein großer Fingernagel, sie tragen bunte Kleidchen und sind den ganzen Tag über fröhlich. Aber wer so klein ist, muss sehr natürlich immer aufpassen, dass er nicht von den Tieren und

Vögeln im Garten zertreten wird. Nicht etwa, weil diese Tiere böse sind und den Feen etwas antun wollen. Nein, nur aus Unachtsamkeit passiert es. Darum müssen sich die kleinen Feen ganz besonders in Acht nehmen und sich ein sicheres Plätzchen suchen, wo sie in Ruhe leben können. Unsere Feen also suchten und suchten, rutschten von nassen Blättern und ertranken fast in den Tautropfen der großen Blumen, bis sie endlich mitten im Garten eine wunderschöne Blume entdeckten, die die Menschen „Rose" nennen. Uiih, das war eine Freude, den Honig aus ihrer Blüte zu kosten und sich dann zwischen den vielen Blütenblättern zu verstecken. Schlafen konnte man dort gut und sicher, denn die Blütenblätter sind fest und dicht, so können sich die kleinen Feen gut festhalten und fallen nicht heraus, wenn einmal ein Sturmwind die Blüte schüttelt. So freuten sich unsere kleinen Feen, endlich eine Wohnung gefunden zu haben, in der sie sich richtig wohl fühlten, sie spielten Versteck in der Blüte, schaukelten und sangen wunderschöne Feenlieder. Sie waren eigentlich ziemlich glücklich, wenn da nicht die Zwergentrolle gewesen wären. Zwergentrolle sind dunkle Gesellen, die jede Nacht versuchen, an den Rosenstielen zu rütteln, bis die kleinen Feen aus den Blüten herausfallen. Und liegen sie erst einmal am Boden, kann man sie richtig ärgern und ihnen schlimme Streiche spielen. Das ist sehr gemein, aber leider gibt es immer wieder welche, die es nicht ertragen können, wenn andere glücklich sind. So setzten sich die Feen zusammen und beratschlagten, was sie tun könnten. Sollten sie ihre Blüten verlassen und sich woanders ein Zuhause suchen? Sollten die Zwergentrolle ihr Ziel erreichen, nur weil sie stärker waren? Nein, das war ungerecht! So schmiedeten die Feen einen Plan: am nächsten Tag, als die Sonne schien und die Vögel sangen, gingen sie in den Wald und sammelten Kastanien. Unter großer Mühe brachen sie von den Schalen die spitzen Stacheln ab und klebten sie mit Eibensaft an die Stiele der Rosen. Das war für die kleinen Feen eine schwere

Arbeit, aber sie hatte sich gelohnt. Als am Abend die Zwergentrolle kamen und an den Stielen rüttelten, um die kleinen Feen aus den Blüten herauszuschütteln, zerstachen sie sich ihre kleinen Hände, liefen laut schreiend weg und ließen die Feen von diesem Tag an in Ruhe. Seit dieser Zeit haben die Rosen Dornen…an manchen Tagen findest Du zwischen den Blütenblättern noch eine kleine Fee. Dann lass sie ruhig schlafen."

Alle hatten gespannt zugehört und sich in ihrer Phantasie erinnert. Ja, es war schön gewesen auf der Erde, die Rosen, ihr Duft, ihre schöne Blüte. So zauberhaft. Allerdings meinten sie, noch niemals Zwergentrolle gesehen zu haben. Und kleine Feen, die in einer Rose wohnten, so zauberhafte Wesen hatten sie auch noch nie gesehen. Das konnten sie sich kaum vorstellen. Aber, würde es überhaupt noch Rosen geben, wenn sie auf die Erde zurück kehren konnten? Wer wusste das schon? Auf jeden Fall hatte jeder von ihnen den wunderbaren Duft der Rosen in der Nase, jeder sah die schönen Blüten vor sich und der eine oder andere konnte sogar den fröhlichen Gesang der kleinen Feen hören. Nun wussten sie auch alle, warum diese wunderschöne Pflanze, die Rose, an den Stielen Dornen hatte. Früher, auf der Erde hatten sie sich darüber geärgert, wenn sie sich an einem Dorn weh getan hatten und manchmal sogar geschimpft oder geflucht. Jetzt aber war ihnen alles klar geworden. Wenn sie jemals wieder auf der Erde eine Rose erblicken würden, würden sie sie mit ganz anderen Augen sehen. Und vielleicht sah ja tatsächlich mal einer von ihnen eine kleine, schlafende Fee in einer Rosenblüte. Auf jeden Fall würden sie sie mit ganz anderen, mit liebevollen, Augen betrachten. Das hatten sie aus der schönen Geschichte gelernt.

Zur gleichen Zeit auf der Erde

Die Hoffnung war endgültig erloschen, alle Suchmannschaften hatten ihre Arbeit eingestellt. Das Verschwinden des Flugs NN1114 würde für immer das größte Rätsel der modernen Zeit bleiben. Die, die ihren Liebsten oder ihre Liebste verloren hatten, trauerten noch immer. Aber die Zeit, in der die Menschen lebten, war sehr schnelllebig geworden, für Gefühle blieb nur sehr wenig Zeit. Und bei einem großen Flugzeugunglück gibt es Schuldzuweisungen. Ein Flugzeug verschwindet, wer trägt die Schuld? Wer zahlt die Entschädigungen an die Familien. Es blieb immer ein übler, bitterer Beigeschmack. Für ein Menschenleben erhielt man Geld. Aber wer kann sich schon für Geld einen lieben Menschen kaufen? Die Versicherungen schoben sich gegenseitig die Verantwortung zu, keine wollte diese Riesensumme an Entschädigungen an die Angehörigen zahlen, so gab es lange Zeit Streit, wer wohl überhaupt die Verantwortung für dieses tragische Unglück trug. Das war für die Versicherungs-gesellschaften eine gute Sache, denn keine wollte diese Riesensumme an Entschädigungen für die Angehörigen zahlen. Zumal ja auch noch ein Flugzeug verschwunden war, das es zu ersetzen galt. So wurde zwar noch weiter noch jemandem gesucht, dem man die Schuld und somit auch die Verant-wortung zuweisen konnte, aber das war auch alles. Die verschwundenen Menschen waren längst auf der Erde in Vergessenheit geraten, jetzt ging es nur noch um Geld. Geld war für die Menschen sehr wichtig, Geld bedeutete Macht. Und von Beidem konnte man nie genug haben.

Einige Passagiere schliefen ein wenig, andere träumten vor sich hin. Sie überlegten, wann sie das letzte Mal Geburtstag gefeiert hatten, dachten zurück an vergangene Geburtstage. Welche Geburtstage hatten sie gefeiert, es passierte ja auch manchmal, dass man den Geburtstag eines lieben Menschen einfach vergaß. Dann hatte man kurz ein schlechtes Gewissen und holte die Glückwünsche nach. Das war das Leben auf der Erde, es war nun mal sehr schnelllebig geworden, kaum einer dachte noch darüber nach, wie sich sein Mitmensch wohl fühlte. Bei den Erinnerungen an Geburtstagsfeiern kamen natürlich auch die Erinnerungen an Rosen hoch. Wann hatten sie das letzte Mal eine Rose gesehen? Wie lange war es schon er, dass sie einem lieben Menschen eine Rose geschenkt hatten? Und würden sie jemals wieder eine schöne Rose sehen?

„Mami, das war so schön. Erzählst Du noch eine Geschichte? Bitte." „Ach, gerne, mein Schatz. Ich sehe doch, wie ich den Menschen hier an Bord eine Freude machen kann. Es ist so schön, komm wir nehmen uns hier die Zeit für ein paar schöne Geschichten." Sie nahm ihre kleine Elisabeth ganz fest in die Arme und begann zu erzählen: „Vor langer Zeit lebten die Menschen auf dieser Welt zufriedener und glücklicher als heute. Jedem wurde bei seiner Geburt ein kleiner, warmer Sack mit auf seinen Lebensweg gegeben. In diesem Sack befanden sich unzählige warme Umarmungen, die er seinen Mitmenschen schenken konnte, wann immer es ihm beliebte. Die Nachfrage nach diesen Umarmungen war sehr groß, denn wer eine Umarmung geschenkt bekam, fühlte sich am ganzen Körper wohlig warm und glücklich. Wenn jemand ausnahmsweise einmal zu wenige Umarmungen geschenkt bekam, lief er Gefahr, krank zu werden. Sehr krank, so krank, dass Verschrumpelungen, Verhärtungen und ähnliche schlimme Leiden eintraten. Es passierte nicht selten, dass Menschen an diesen schrecklichen Krankheiten starben. Aber zum Glück war es damals noch leicht, eine Umarmung zu bekommen. Immer, wenn einem danach war, konnte man auf einen anderen zugehen und um eine Umarmung bitten. Der andere holte selbstverständlich eine Umarmung aus seinem Sack und sobald er diese weiter gegeben hatte, fühlten sich beide rundum wohl und bekamen ein gutes Gefühl. Die Menschen erbaten oft Umarmungen voneinander; und da sie auch sehr freigiebig verteilt wurden, war es kein Problem, genügend davon zu bekommen. Alle Menschen fühlten sich die meiste Zeit wohl, glücklich und liebgehabt, bis eines Tages eine Hexe darüber sehr böse wurde. Sie hatte nämlich einen großen Vorrat an Tinkturen und Salben für diejenigen, die tatsächlich einmal krank wurden, doch brauchte kaum jemand ihre Mittel. Sie begann deshalb, den Menschen einzureden, dass ihnen die Umarmungen bald ausgehen würden, wenn sie weiter so freigiebig damit umgehen. Und die Menschen glaubten ihr. Sie begannen, über ihre Umarmungen zu wachen und verteilten sie nicht mehr so großzügig. Viele beobachteten neidisch ihre Mitmenschen, wenn diese anderen einmal eine Umarmung schenkten, sie wurden oft böse und machten ihnen Vorwürfe. Diese wollten ja nun ihren Eltern, Kindern und Partnern nicht wehtun und bemühten sich, anderen keine Umarmungen mehr zu geben. Die Kinder lernten das sehr schnell von ihren Eltern: Sie merkten, dass es scheinbar falsch war, seine Umarmungen all denen zu schenken, die sie so dringend benötigten. Obwohl immer noch jeder in seinem Sack genügend Umarmungen vorrätig hatte, holten die Menschen immer seltener eine hervor. Die Folgen waren schrecklich: Immer weniger Menschen erhielten die Umarmungen, die sie brauchten, immer mehr Menschen fühlten sich nicht mehr warm, glücklich und geliebt. Viele wurden krank und einige starben sogar am Umarmungs-Mangel. Die Hexe aber war froh, sie konnte nun viele Arzneien verkaufen. Aber bald merkte sie, dass ihre

Arzneien und Tinkturen gar nicht halfen. Das wurde für sie zu einem Problem, denn wenn die Menschen bald alle gestorben waren, wer sollte denn dann noch ihre Arzneien kaufen? Schnell erfand sie etwas Neues: Kalte Fröstler. Sie verkaufte jedem einen Sack mit kalten Fröstlern. Die Fröstler sahen genauso aus wie die Umarmungen, nur gaben sie den Menschen kein warmes und liebkosendes Gefühl, sondern ein kaltes, fröstelndes. Die kalten Fröstler ließen die Menschen nicht sterben, sie machten die Seele der Menschen krank, so dass sie ihren Vorrat an Umarmungen wieder vergrößern wollten, was sie nicht wussten, war, dass sie immer mehr kalte Fröstler statt liebevoller Umarmungen bekamen. Wenn jetzt jemand eine Umarmung bekommen wollte, konnten ihm die Leute, die Angst um ihren Vorrat an Umarmungen hatten, ohne es zu wissen, nur einen kalten Fröstler geben. Oft gingen zwei Menschen aufeinander zu, sie hofften von dem anderen eine Umarmung zu bekommen, doch dann überlegten sie es sich meistens doch noch wieder und am Ende gab es nur noch kalte Fröstler. So liefen die Menschen irgendwann nur noch verbittert und vom Leben enttäuscht umher. Liebevolle Umarmungen waren ungeheuer wertvoll geworden, Eltern ermahnten ihre Kinder, sich genau zu überlegen, wen sie umarmten. Paare wachten eifersüchtig über den Umarmungs-Vorrat des anderen, Kinder wurden neidisch, wenn ihre Eltern sich umarmten. Früher waren oft viele Menschen zusammen gekommen, zur Begrüßung hatten sich alle freudig umarmt. Jetzt schlossen sie sich nur noch zu Paaren zusammen und behielten sich misstrauisch im Auge. Wer versehentlich oder weil er gerade Lust dazu hatte, einmal einen lieben Menschen umarmte, fühlte sich sofort schuldig, er wusste, er hatte etwas Falsches getan und diese Umarmung würde nun seinem Partner fehlen. Wer keinen Partner finden konnte, musste sich, für einen hohen Preis, Umarmungen kaufen. Einige Leute waren irgendwie beliebter als andere, so bekamen sie mehr

Umarmungen, die sie dann zu einem hohen Preis wieder verkauften. Ja, die Welt war traurig und kalt geworden. So hatten einige sehr raffinierte Menschen eine Idee, sie sammelten kalte Fröstler, die ja recht billig und in großen Mengen zu haben bekommen waren und verkauften sie für viel Geld als liebevolle Umarmung. Diese scheinbar warmen, liebevollen Umarmungen waren aber leider nur völlig wertlose Imitate und schufen noch mehr Probleme. Sie hinterließen nach ihrem Gebrauch das Gefühl, etwas verpasst zu haben. Trotzdem kauften die Menschen immer und immer wieder diese Imitate, viele starben schließlich, weil sie einfach zu viele Imitat-Umarmungen, die kein liebevolles Gefühl geben konnten, verbraucht hatten. Oft passierte es, dass sich zwei Menschen trafen und nur eine Imitat-Umarmung austauschten, statt sich wirklich liebevoll zu umarmen, so blieb ihnen nur ein enttäuschendes, leeres, fröstelndes Gefühl, wenn sie wieder auseinander gingen. Schnell kauften sie dann wieder eine neue Umarmung, um dieses schreckliche Gefühl zu verdrängen. So war ein Kreislauf entstanden, aus dem die Menschen niemals alleine herausfinden konnten. Nach einer langen Zeit des kalten Fröstelns waren die Menschen sehr verwirrt. Keiner wusste mehr, wie er sich zu Recht finden sollte, nichts war mehr so, wie es früher einmal gewesen war. Und alles nur, weil ihnen eine Hexe eingeredet hatte, es gäbe nicht genügend Umarmungen auf dieser Welt. Eines Tages kam eine Frau zu den Menschen. Diese Frau hatte offensichtlich noch nichts von der Hexe und von der Angst der Menschen, nicht genügend Umarmungen zu haben, gehört. Sie sorgte sich überhaupt nicht um ihren Vorrat an liebevollen Umarmungen und verteilte sie so freigiebig, wie niemand sonst. Sie verteilte alle ihre liebevollen Umarmungen, einfach so, ohne eine Gegenleistung zu erwarten. Die Menschen waren sehr verwundert, aber sehr dankbar. Sie spürten hier die wirkliche liebevolle Umarmung, so nannten sie die Frau „die gute Fee". Die Erwachsenen waren anfangs skeptisch, wie konnte eine Frau so leichtsinnig mit ihren Umarmungen umgehen, aber die Kinder waren schnell davon überzeugt, selbst auch genügend Umarmungen zur Verfügung zu haben. Sehr, sehr langsam lernten auch die Erwachsenen wieder, dass sie genügend Umarmungen für ein ganzes Leben zur Verfügung hatten, die sie dann auch wieder, zuerst sehr zögerlich, weiter gaben. „Die gute Fee" aber verteilt fröhlich weiter ihre liebevollen Umarmungen, so dass es ihr vielleicht irgendwann gelingt, aus unserer kalten, fröstelnden Welt, wieder die glückliche, liebevolle Welt zu machen, die es vor langer Zeit einmal gegeben hat."

„Wie schön", die meisten der Passagiere waren wieder wach geworden und hatten gespannt der schönen Umarmungsgeschichte zugehört. Einige überlegten, sie waren vor dem Abflug so in Eile gewesen, dass es kaum noch möglich war, die Lieben zu umarmen und sich richtig voneinander zu verabschieden. Und nun würden sie sich wahrscheinlich niemals wieder in die Arme nehmen können. Ach, es stimmte. Elisabeths Mutter, die so schön Geschichten erzählen konnte, hatte schon Recht, die Welt, das Leben auf der Erde, war wirklich sehr kalt geworden. Aber sie hatten auch verstanden, dass sie die Chance bekommen würden, eine neue Welt, ein neues Leben, aufzubauen. Eine schöne Welt, die von Wärme und Mitgefühl leben würde. Liebe konnte man eben nicht kaufen, dass hatten sie aus der Geschichte gelernt. So begannen sie gleich damit, ihre Kinder oder ihre Liebsten fest in die Arme zu nehmen. Wer allein an Bord gegangen war, wurde auch umarmt. Es gab mehr als genug Umarmungen für jeden.

Zur gleichen Zeit auf der Erde

Nun war es wirklich eine tragische Tatsache geworden. Flug NN1114 war und blieb wohl für immer verschwunden. Keiner war mehr in der Lage, Antworten zu geben. Antworten nach dem Verbleib des Flugs. Es gab keine Antwort auf die Frage, was mit den über 300 Menschen passiert war. In den Nachrichten gab es nicht eine einzige Meldung mehr, es war geschehen und nun auch vergessen worden. Die Welt lebte weiter. Nach fast neun Monaten dachte keiner mehr an diesen unglückseligen Flug, der Flug und seine Passagiere waren schlicht und einfach in Vergessenheit geraten. Die, die einen lieben Menschen, einen Vater, eine Mutter, einen Bruder, eine Schwester, ein Kind oder einen Freund mit dem Flug verloren hatten, begannen nun auch mit dem Vergessen. Sie trauten sich auch nicht mehr, noch zu fragen oder von ihren Lieben zu erzählen, meist bekamen sie nur sinnlose Antworten oder Kommentare, wie „das Leben geht weiter", oder „nun hör doch mal davon auf, das ist schon so lange her". Auf der Erde hatten die Menschen kein Mitgefühl mehr.

Während dessen tobten auch immer noch die furchtbaren Kriege, die schon so viele Menschenleben gefordert hatten, weiter auf der Erde. Auf der ganzen Welt berichteten die Nachrichten immer wieder über die schrecklichen Verbrechen, die während des Kriegs begangen wurden. Die Menschen jedoch, die die Nachrichten sahen, betrachteten das meist sehr oberflächlich. Sie sahen hin, aber sie vergaßen auch sofort wieder, was sie gesehen hatten. Das Ganze war ja alles so weit weg, es ging sie nichts an. Dass aber während dieser Kriege Frauen ihre Männer oder Söhne auf unvorstellbare Weise verloren, Kinder ihre Väter oder Brüder, daran dachte niemand. Es war ja alles so weit weg, eigentlich ging es niemanden etwas an. Und helfen oder eingreifen konnte man sowieso nicht, also, warum sollte man sich auch noch darum

Gedanken machen? Man hatte ja schon mit seinem eigenen Leben genug zu tun. Man musste Geld verdienen, um die Familie zu versorgen, man wollte vielleicht ein großes, schönes Haus haben, ein teures Auto fahren, eine schöne Reise machen. Dafür brauchte man Geld und das musste verdient werden. So war die irdische Welt immer kälter geworden, jeder dachte in erster Linie zuerst einmal an sich und darauf, dass es ihm gut ging. Und diese Seuche, dieses tödliche Virus, das schon unzählige Menschenleben dahin gerafft hatte, auch das war ja so weit weg, auf einem anderen Kontinent. Nein, das ging niemanden etwas an. Das war nun mal Pech, Pech für die Menschen, die dort lebten. Wichtig war für die Menschen, dass es nur ihnen gut ging.

Nach neun Monaten in der Kabine von Flug NN1114

Der Pilot und sein Co-Pilot brauchten die Instrumente im Cockpit nicht mehr zu überwachen, nein, sie wurden ja von einer höheren Macht geführt. Die Macht der Weisen, die im Himmel lebten. Diese Weisen führten sie durch den Orbit, durch die fremde Dimension, in der es weder Zeit noch Raum gab. Sie genossen diese Zeit, sie fühlten sich wohl. Es war eine sehr schöne Zeit, alles war gut. So hatten sie sich, gemeinsam mit den Stewardessen, zu den Passagieren in die Kabine gesellt. Elisabeths Mutti konnte so schön Geschichten erzählen, da wollten sie gern dabei sein. So waren sie alle sehr zufrieden, als die Mutti mit der nächsten Geschichte begann. Die Geschichte handelte von der Suche nach einem ganz besonderen Schatz, einen Schatz, den jeder Mensch besitzen sollte: In einem Wald, am Rande einer großen Lichtung, lebte eine junge Hasenfamilie. Jeden Morgen zog der Hasenvater hinaus in Wald und Wiesen, um Vorrat für sich und die Familie zu beschaffen. Seine Frau aber blieb zu Hause bei ihrem Hasenkind, tagein, tagaus. Beim Aufräumen fand die Hasenmutter ein altes Buch. Es musste wirklich sehr alt sein, denn die Seiten waren schon vergilbt, die Buchstaben aber waren noch sehr gut zu lesen. So setzte sie sich in den großen Lehnstuhl am Fenster und begann zu lesen. Von einem großen Schatz war die Rede, bisher konnte keiner ihrer Vorfahren diesen Schatz finden, weil er so gut versteckt war. Doch eines Tages, hieß es, würde jemand aus der Hasenfamilie den Schatz finden, der so besondere Eigenschaften besaß. Als am Abend der Hasenmann nach Hause kam, schlief das Kind schon, seine Frau wartete am gedeckten Tisch auf ihn und wollte ihm sofort von dem Buch erzählen. Doch der Hasenmann wollte erst in Ruhe seinen Möhreneintopf genießen, dann las er in seiner Zeitung „Der Wald heute". Danach erzählte er seiner Frau, die gerade in der Küche das Geschirr abwusch, wie anstrengend sein Arbeitstag gewesen war und schlief schon auf dem Sofa ein. Liebevoll deckte seine Frau ihn zu. Sie war froh, einen so lieben, guten Mann zu haben, der gut für sie und das Kind sorgte. Die Jahre vergingen, das Hasenkind wuchs heran, der Hasenvater versorgte weiter seine Familie, die Hasenmutter war zu Hause und wartete, dass ihr Kind aus der Hasenschule kam, sie wartete darauf, dass der Mann nach Hause kam, sie wartete, dass der Wind die Wäsche trocken blies, sie wartete, bis das Essen fertig kochte, sie wartete tagein, tagaus. Eines Morgens, das Kind und der Mann waren schon aus dem Haus gegangen, zog ein Sturm auf. Die Hasenmutter schaute besorgt hinaus, immer lauter ächzten die Bäume, rüttelte der Wind an der Tür und blies durch die Fensterritzen herein. Die Hasenmutter griff zum Wäschekorb. In aller Frühe hatte sie die Betten abgezogen und die Bettwäsche gewaschen, der Wind würde sie schnell trocknen auf der Leine. Doch aus dem Wind war ein Sturm geworden, die Wäsche könnte zerreißen! Die Hasenmutter zog sich eine Jacke über und trat vor die Tür, da kam, einer Ozeanwelle gleich, eine große Sturmbö, erfasste die Hasenmutter und wirbelte sie durch die Luft. Alles ging ganz schnell, es war wie ein Traum, sie ließ den Wäschekorb fallen und flog durch die Luft, ja, sie war in der Luft! „Schaut nur, sie öffnet die Augen!" Sechs neugierige Augenpaare blickten auf die Hasenmutter. Langsam richtete sie sich auf, wo war sie? „Du kamst mit dem Wind, er hat dich zu uns gebracht. Er hat unser Bitten und Flehen gehört! Danke, Wind!" Die Hasenmutter sprang auf. Drei kleine Elfen flogen um sie herum, so wunderschön und zart und anmutig, so etwas vollkommen Schönes hatte sie noch nie gesehen! „Wo bin ich hier? Wer seid ihr?" „Du bist bei uns im Elfenland. Der Wind hat dich gebracht, weil wir Hilfe brauchen." Die Hasenmutter war verwirrt:"Wie kann ich euch helfen? Ich bin nur eine Hasenmutter. Ich kann Möhreneintopf kochen, der würde euch im Hals stecken bleiben, weil ihr so klein seid. Ich kann Wäsche waschen, aber ihr tragt Kleider aus Blättern und Blüten, ich kann Märchen vorlesen, aber ihr lebt in einem Märchen, ich…" Die Hasenmutter hatte noch eine lange Liste aufzuzählen, was sie alles nicht war und nicht konnte, da fiel ihr das Allerwichtigste ein:"Wenn jemand helfen kann, egal, was es ist, so ist das mein Hasenmann, er ist fleißig und rechtschaffen und sorgt für mich und meine Familie." Da lachten die kleinen Elfen, sie prusteten, schlugen Purzelbäume und konnten gar nicht aufhören zu lachen. Die Hasenfrau verstand gar nichts mehr:"Was gibt es da zu lachen?" Aber die Elfen konnten nicht antworten, sie lachten und lachten und lachten… Schließlich erfuhr die Hasenfrau, warum die Elfen um Hilfe gebeten hatten. Ein böser Troll war in ihren Wald gezogen und hatte einen riesengroßen Baum an ihrem Badeteich gepflanzt. Der Baum sog mit seinen Wurzeln das ganze Wasser auf, nun konnten die Elfen nicht mehr baden. Die Elfenfrau hörte sich die Geschichte an und sagte:"Führt mich zu dem Troll, ich will ihn kennenlernen." „Oh nein!"riefen die Elfen. „Er ist böse, wir haben Angst vor ihm!" Die Hasenfrau schüttelte den Kopf: "Angst, Angst, habt ihr keine Angst, dass ihr nie mehr baden könnt, dass ihr eure wunderschönen Spiegelbilder nie mehr im klaren Wasser betrachten könnt? Führt mich zu dem Troll!" da gehorchten die Elfen, die Hasenfrau aber war ein wenig erschrocken über sich selbst. Nun gab es kein Zurück mehr, sie waren auf dem Weg zum bösen Troll. Der Troll wohnte, oder besser, er hauste in einer finsteren Höhle. Die Hasenfrau bedauerte, keinen Besen dabei zu haben, denn hier gab es viel zu fegen! Als sie in die Höhle hineinrief, antwortete eine verschlafene, raue Stimme: „Was wollt ihr?" Unserer kleinen Hasenfrau schlug das Herz bis zum Hals, die kleinen Elfen flatterten aufgeregt um sie herum. „Wir sind Nachbarn und möchten dich kennen lernen!" „Ich habe keine Nachbarn, mich will niemand kennenlernen!" tönte es zurück. Die Hasenfrau seufzte. „Ich glaube, es ist besser, wir kommen später wieder." Die Elfen nahmen den Rückzug mit Erleichterung auf. Die Hasenfrau lebte eine Weile bei den Elfen, wie lange, konnte sie nicht sagen, denn im Elfenland gab es keine Zeit. Eines Tages sah sie den Troll unter seinem Baum sitzen und auf den ausgetrockneten See starren. Behutsam näherte sie sich ihm und setzte sich schweigend dazu. Ein kleines Bächlein war auf dem Weg zum See, die Hasenfrau wollte sich freuen, da bemerkte sie, dass es Tränen waren, Tränen die der finstere Troll lautlos weinte. Sie gab ihm wortlos ein Taschentuch, das sie selbst bestickt hatte. Er nahm es und schnäuzte sich so laut, dass ein knorriger, vertrockneter Ast von seinem Baum herunterfiel und die Eichhörnchen entsetzt flüchteten. Da begann der Troll zu erzählen: „Wo ich mein Zuhause hatte, wohnte ich an einem großen See, der wunderbar klares Wasser hatte. Meine Frau und mein Kind sind eines Abends, es war ein sehr milder Sommerabend, darin baden gegangen und nie zurück gekehrt. Seitdem hasse ich das Wasser und das Licht und die Fröhlichkeit und mich selbst, denn ich habe meine Familie nicht retten können." Die Hasenfrau hörte schweigend zu, sie musste an ihre eigene Familie denken. Und sie fing an, dem Troll von ihrem Zuhause zu erzählen. „Und weil du in deinem Zorn und deiner Trauer den Elfen das Wasser geraubt hast, deshalb wurde ich von meiner Familie fort gerissen." Der Troll war nun doch sehr betroffen: „Das wollte ich nicht, ich weiß, wie wertvoll es ist, eine Familie zu haben. Meine Frau hat es immer verstanden, uns drei zusammenzuhalten, wir haben gemeinsam geträumt von den vielen schönen Dingen, die wir noch erleben werden. Ich habe viel gearbeitet und war sehr stolz auf mich und immer mit mir beschäftigt. Aber meine Frau hat unserer Familie die Liebe und die Träume gegeben, und das war so viel wichtiger als nur zu arbeiten. Jetzt weiß ich, jetzt, wo ich nur meine Arbeit habe, dass alle Arbeit nichts nützt, wenn die Liebe fehlt, und wenn man nicht weiß, wofür man arbeitet." Und besorgt fügte er hinzu: „Du musst zu deinem Mann zurückkehren!" Es krachte laut im ganzen Wald, als der Troll seinen alten Baum fällte. Die Hasenfrau half ihm dabei, Brennholz daraus zu machen, während die kleinen Elfen unaufhörlich um den See kreisten, der sich langsam wieder mit Wasser füllte. Als der Himmel sich immer mehr bewölkte und der Wind immer stärker wurde, da wusste die Hasenmutter, dass es nun Zeit war, zu gehen. Sie verabschiedete sich von den Elfen, deren liebliches Bild sie immer in ihrem Herzen bewahren würde. Der Troll drückte ihr ganz fest die Hand: „Vielleicht sehen wir uns eines Tages wieder und lernen unsere Familien kennen! Gute Reise und sag deinem Mann, er kann stolz auf dich sein!" Der Sturm wurde stärker, die Hasenfrau winkte, und schon wurde sie in die Lüfte gewirbelt… „Kind, schnell, komm! Unsere Mami ist wieder da, sie ist da, sie ist zurückgekommen! Schnell, lauf, sie ist es wirklich, sie ist zurück, ich bin so froh!" Der Hasenmann weinte und weinte vor lauter Glück und Freude und drückte seine Frau und das Kind ganz fest an sich. „Weißt du, als du weg warst, hab ich ein altes Buch im Haus gefunden", erzählte er aufgeregt seiner Frau "Da ist von einem Schatz die Rede, den hier noch keiner gefunden hat. Aber weißt du, ich habe ihn gefunden, ja er war schon immer bei mir, ich hab es nur nicht bemerkt." Da schaute das Kind die Hasenmutter an und sagte fröhlich: „Ich kenne den Schatz auch – und ich bin froh, dass er wieder da ist!"

Ja, das war nun die Geschichte von einer ganz besonderen Schatzsuche. Alle hatten der Geschichte gespannt zugehört. Ach, wie war es doch schön gewesen, zuhause einen ganz besonderen Schatz zu haben. Einen lieben Menschen, der für einen sorgte, der einem zuhörte, der einen umarmte, der einen liebte. Ja, das war doch der größte Schatz, den man haben konnte. Auf der Erde dachten die Menschen, wenn das Gespräch auf einen Schatz kam, nur an Gold, Geld, Schmuck oder andere schöne Sachen. Sie hatten vergessen, dass ein lieber Mensch, mit dem man ein gemeinsames Leben verbringt, nun mal der größte Schatz war, den man haben konnte. Einige von ihnen dachten nun nach, wie oft hatten sie ihre Frau oder ihren Mann nicht mehr wahr genommen, weil das Leben aus Alltag bestand. Ja, den größten Schatz, den man im Leben haben konnte, hatten sie übersehen. Oh, wie traurig. Die, die gemeinsam mit ihren Liebsten, die Reise angetreten hatten, sahen sich an. Nach dieser bewegenden Geschichte hatten sie erkannt, welchen großen Schatz sie dabei hatten und für immer haben würden. Sie freuten sich darauf, später einmal, wenn sie wieder auf die Erde zurück kehren konnten, mit ihrem Schatz gemeinsam eine neue Welt, eine neue Zivilisation aufzubauen. Das würde eine wunderschöne Zeit werden.

So schwebte der Flug NN1114 nun schon nach der irdischen Zeitrechnung weit über neun Monate durch die, den Menschen völlig fremde Dimension. Es war eine schöne Zeit für alle Passagiere. Sie waren glücklich, alle fühlten in sich eine wunderbare Ruhe und Zufriedenheit. Aus den Erzählungen von Elisabeths Mutti lernten sie viel für ihr späteres, neues Leben auf der Erde. Sie mussten aber auch noch viel lernen, um später, wenn sie die neue Zivilisation aufbauen sollten, sich und ihre Mitmenschen aufmerksam behandeln zu können. Genauso mussten sie noch lernen, die Natur und auch das für den Menschen Unsichtbare in der Natur, zu würdigen und aufmerksam zu behandeln. Sie mussten wieder lernen, für die Botschaften der Engel, die von den Weisen auf die Erde gesandt wurden, wahr zu nehmen. Das alles war aber nicht schlimm für sie, nein, sie freuten sich darauf, noch so viel zu erfahren. Vieles, das sie noch gar nicht gewusst oder auch verdrängt hatten. Und wenn die Weisen im Himmel dann beschlossen, dass sie nun bereit waren, konnten sie auf die Erde zurück kehren und ihr neu gewonnenes Wissen umsetzen und anwenden.

Elisabeths Mutti machte auch weiterhin jeden Tag ein Kreuzchen in ihrem Taschenkalender, den sie immer bei sich trug. Nach ihrem Kalender musste nun auf der Erde schon Herbst sein. „Kommt, ich erzähle Euch heute eine wunderbare Geschichte vom Herbst." Der Herbst war die Jahreszeit, die von den Menschen auf der Erde am wenigsten geliebt wurde. Die Blätter fielen von den Bäumen, es wurde kalt und dunkel, meist schien die Sonne nicht und die Tage waren trübe. Oft wurde die Stimmung der Menschen auch sehr trübe und sie achteten noch weniger auf einander. Schnell verschwanden sie in ihren Häusern und hielten sich dort auf. Dass aber der Herbst auch eine wunderschöne Jahreszeit sein konnte, bedachten sie nicht. Es war doch interessant, zu beobachten, wie die Natur langsam zur Ruhe kam, die Pflanzen sich zurück zogen um im nächsten Frühling in voller Kraft wieder zu erwachen. Alle Tiere, auch die ganz kleinen Insekten, die fröhlich herum krabbelten oder flogen, zogen sich zur Winterruhe zurück. Kurz gesagt, die Erde mit ihrer ganzen zauberhaften Natur, kam zur Ruhe und tankte neue Kraft, um die Menschen wieder mit neuen Blüten, aber auch mit neuen Früchten und Gemüsen versorgen zu können. Ja, so musste es sein. Nur hatten die Menschen leider das Gefühl für die Natur verloren. So begann

Elisabeths Mutti mit ihrer Erzählung. „Denkt alle an einen wunderbaren, sonnigen Herbsttag und schon machen wir eine zauberhafte Reise. Es ist ein sonniger Tag. Du kommst gerade von der Arbeit nach Hause. Du bist wütend und schlecht gelaunt, weil Du dich in der Arbeit geärgert hast. Weil Du wütend bist, kickst Du eine leere Cola-Dose vom Gehweg auf die Straße. Da! Ein hellgelbes, großes Blatt segelt direkt vor Dir von einem Baum. Nein, es schwebt. Ähnlich, wie wir hier durch die Luft schweben. Du staunst. Langsam schwebt das Blatt auf und ab. Dann macht es vor dir Halt, bleibt für einen Augenblick in der Luft stehen und wiegt sich vor dir einladend hin und her. „Hey!", ruft es dir zu. „Hast Du Lust auf eine kleine Reise?" Du nickst. Auf einem Blatt über den Himmel schweben, ja, das klingt spannend. „Eine Reise? So gerne, aber wie geht das?" „Fein", sagt das Blatt. „Dann los! Spring auf! Aber beeil dich! Der Wind wird stärker und wird mich gleich zu Boden drücken. Wir müssen los!" Während du noch überlegst, wie du auf dieses winzig kleines Blatt springen und mit ihm in der Luft tanzen könntest, fühlst du plötzlich, wie Du klein und immer kleiner wirst. Und plötzlich bist Du kleiner als das Blatt. „Los!", ruft das Blatt wieder. Du nimmst Anlauf und – schwupps – schon sitzt du auf dem Blatt. „Halt dich gut fest!", kann Dir das Blatt gerade noch zurufen, da geht der Flug auch schon los. Huiiii! pfeift der Wind übers Land. Und – huiiii! – trägt er dich und das Blatt hoch und höher in die Lüfte. Hier trefft ihr – huiiii! – andere Gefährten des Blattes, die ausgelassen am Himmel tanzen. Huiiiiiiiii! Übermütig und fröhlich tobt ihr nun mit den anderen Blättern über dem Land. Ihr dreht euch im Kreise, schlagt Purzelbäume und hüpft im Spiel des Windes auf und ab und auf und ab und hin und her. Huiiiiiiii! Was für ein Spaß! Toll ist das! Du jubelst. Es ist aufregend, auf einem Blatt zu sitzen und am Himmel zu tanzen. Und was es von dort oben nicht alles zu sehen gibt! Klein ist die Straße unter Dir mit ihren Häusern, Bäumen und Autos. Du staunst. Wie klein die Welt von hier oben doch ist! Und wie klein auf einmal der Ärger auf der Arbeit und all die anderen Sorgen werden. Klitzeklein.Du freust dich. Es macht Spaß, die Welt von hier oben zu sehen und auf einem Blatt zu sitzen. Großen Spaß. Dann musst du lachen. Huiiiiiii! lachst du. Huiiiiiii! lacht dein Blatt. Huiiiiiiiiiii! lachen nun alle Blätter. Huiiiiiiiiiiii! Du fühlst dich froh und heiter und gut gelaunt. Und – Huiiiiiiiiii! – sind nun Groll und Ärger, die du von der Arbeit mit nach Hause getragen hast, ganz klein geworden und … verschwunden. Huiiiiiii! Du schließt die Augen und freust Dich an der fröhlichen kleinen Reise durch die Luft. Da! Der Wind macht eine Pause. „Halt dich fest!", ruft das Blatt wieder. Und das tust Du auch. Du klammerst dich an die Blattränder und trudelst mit deinem Blatt in sanften Kreiselbewegungen langsam wieder dem Gehweg entgegen. Sanft landet ihr schließlich am Boden. Du atmest tief ein und aus. Dann reckst du dich und streckst dich und fühlst, wie Du dabei wieder groß und immer größer wirst. Du öffnest die Augen und siehst, dass Du wieder auf dem Gehweg stehst. Vor Dir liegt ein hellgelbes, großes Blatt auf dem Boden. Du lächelst und denkst noch einmal an die Reise durch die Luft zurück. Dann bückst Du dich, hebst das Blatt auf und nimmst es mit nach Hause.

Es war ganz ruhig geworden in der Kabine, alle dachten über diese wunderbare Reise nach. Wann hatten sie das letzte Mal auf der Erde ein Blatt, das von einem Baum gefallen war, genau betrachtet. Die Schönheit bemerkt und bewundert. Und mit nach Hause genommen hatte es schon gar keiner. Nein, meistens hatten sie nur geschimpft, weil das Laub gekehrt werden musste, die Bürgersteige, die Höfe und die Auffahrten sauber gehalten werden mussten. Einige hatten sogar keinen Baum mehr gepflanzt, weil sie keine Lust auf die Arbeit hatten, die so ein großer Baum mit seinem Laub macht. Das aber ein Baum Leben bedeutet, im Sommer Schatten spendet, Vögeln und allen möglichen anderen Lebewesen ein Zuhause gibt, das hatten sie gar nicht bedacht. Wer wusste schon, ob es, wenn sie zur Erde zurück kehrten, überhaupt noch Bäume gab. Womöglich war es den Menschen, die noch auf der Erde verblieben waren, gelungen, nicht nur die Menschheit, sondern auch noch die Natur komplett zu vernichten? Wer wusste das schon? Auf jeden Fall nahmen sie sich alle vor, einen Baum zu pflanzen, wenn sie wieder von ihrer wunderbaren Reise zurück waren. Und dann würden sie im Herbst ein Blatt nehmen, damit eine Reise machen und dann das Blatt vorsichtig nach Hause tragen.

Auf der Erde

Der Flug NN1114 war nun nach der irdischen Zeitrechnung seit einem Jahr verschwunden. Auf der Erde dachte niemand mehr an das große ungelöste Rätsel des modernen Luftverkehrs. Die Zeit verging, alle Menschen gingen ihrem Alltag nach. Flug NN1114 und sein großes Geheimnis waren schlicht und einfach vergessen, vergessen von den Menschen, vergessen von allen. Der schreckliche barbarische Krieg im Morgenland hatte unterdessen hunderte von Menschenleben gefordert. Junge Männer, junge Familien, Kinder, Mütter, Väter, alle waren in diesem Krieg einen sinnlosen Tod gestorben. Der wahnsinnige Terrorist und seine treuen Gefolgsleute, die die Macht über das gesamte Morgenland an sich reißen wollten, lebten noch. Sie hatten sich immer rechtzeitig in Sicherheit bringen können, so dass weiterhin die schrecklichen Videos um die Welt verbreitet werden konnten. Dieser wahnwitzigen Idee nach einem Gottesstaat folgten viele junge Männer, die aus allen Ländern kamen. Sie fühlten sich angesprochen und waren bereit, ihr Leben zu opfern. Sehr viele gingen auf eine lange Reise, um im Abendland für den Staat, den reinen, gottesfürchtigen Staat, den der wahnsinnige Terrorist preiste, zu kämpfen. In ihnen war die Bereitschaft geschürt worden, Menschen gnadenlos zu töten. Menschen, die ihnen im Weg standen, wurden ohne langes Zögern umgebracht. Manche ließen ihr Leben auf grausamste Weise. Aus westlichen Ländern gingen aber auch Truppen auf die Reise, um den Menschen, die auf der Flucht vor den wahnsinnigen Kämpfern, der wahnsinnigen Idee waren, Hilfe zu leisten. Hilfe und Unterstützung leisten, war das Ziel. Sehr viele Länder schickten ihre Soldaten, ihre Waffen, so wurde dem mörderischen Treiben kein Ende gesetzt, nein, die machthabenden Menschen waren nicht in der Lage, zu erkennen, dass Aggressionen niemals mit noch mehr Gegen-Aggressionen bekämpft werden konnten. So viele Menschen mussten aus ihren Dörfern und Städten ins Gebirge fliehen und dort Schutz suchen. In Waffen hatte man sehr viel Geld investiert, dabei aber die armen fliehenden Menschen, die dringend Hilfe benötigten, vergessen. Es fehlte an Nahrungsmitteln, sauberem Wasser, warmer Kleidung und einem schützenden Dach über dem Kopf der armen heimatlos gewordenen Menschen. Daran hatte niemand gedacht. So kam es wie es kommen musste, der Winter hielt seinen Einzug in dem einst so wunderschönen Morgenland, im Gebirge erfroren oder verhungerten sehr viele Menschen, wenn sie nicht schon vorher qualvoll verdurstet waren. Es war ein tödlicher Fehler gewesen, in die Berge zu fliehen, aber wohin hätten sie noch gehen können? Ihre Städte und Dörfer waren zerstört, wer es nicht mehr bis in die scheinbar sicheren Berge geschafft hatte, musste sein Leben schon vorher durch die Hand der grausamen Soldaten, die allesamt wie besessen von der Idee des Gottesstaates waren, lassen. Es war sehr traurig geworden auf der Erde. Der Krieg, der im Westen tobte, nahm auch kein Ende, hier waren bereits sehr viele junge Männer gestorben. Keiner wusste mehr genau, warum man hier eigentlich kämpfte, das Ziel hatten alle längst aus den Augen verloren, es wurde nur noch sinnlos getötet. Die Machthaber wechselten oftmals, weil sie ihr Ziel, Frieden ins Land zu bringen, nicht mehr durchsetzen konnten. Das tödliche Virus, das bereits so viele Opfer gefordert hatte, verbreitete sich weiter fast ungehindert, obwohl viele Forscher alles versuchten, es einzudämmen. Und...die Menschen auf der Erde schauten einfach nicht hin, sie schauten weg. All diese furchtbaren Dinge gingen sie ja nichts an. So mussten unsere Weisen im Himmel mit immer mehr Sorge weiterhin die Erde betrachten und feststellen, dass es nicht mehr lange dauern konnte, bis sich die Menschheit endgültig selbst vernichtet hatte. Sie waren sehr traurig, das hatte es in der ganzen Geschichte der Menschheit noch nicht gegeben, bisher hatten die Friedensengel, die sie gesandt hatten, die Menschen immer noch erreicht. Wie gut, dass sie die lieben Menschen des Flugs NN1114 auserwählt und in Sicherheit gebracht hatten. Das war der einzige Weg, das Leben auf dem Planeten Erde zu erhalten und dann eine neue, eine liebenswerte, aufmerksame Zivilisation zu erschaffen. Bis es so weit war, mussten die Menschen, während sie sich mit dem Flug NN1114 in der anderen, den Menschen völlig fremden Dimension aufhielten, noch sehr viel lernen. Und dafür sorgte Elisabeths Mutti mit ihren Geschichten.

In der Kabine vom Flug NN1114

Tatsächlich war ein ganzes Jahr vergangen. So lange schwebte der Flug NN1114 nun schon in einer anderen Dimension. Für die Passagiere war das nichts besonderes, sie fühlten sich sehr wohl. In der Dimension, in der sie sich aufhielten, existierte keine Zeit, es schien ihnen, als seien sie gerade erst für einen kurzen Moment von der Erde weg. Alles war gut, sie fühlten sich wunderbar geborgen. Aus den Erzählungen von Elisabeths Mutti hatten sie schon einiges gelernt, aber sie fühlten auch, dass sie noch nicht bereit waren, auf die Erde zurück zu kehren.

Das hatte noch Zeit, noch waren sie nicht bereit. Gerade hatte sich unsere kleine Elisabeth in die Arme ihrer Mutti eingekuschelt, schon begann die Mutti mit ihrer nächsten Geschichte, einer alten griechischen Sage. Einer Sage von einem kleinen Tier, das wir alle kennen, das uns aber oftmals erschreckt. Wir schreien auf, sobald wir es sehen und wollen es schnell erschlagen, wir bekommen Angst, obwohl dieses zierliche kleine Tierchen keinem Menschen etwas zuleide tut. Es gibt Menschen, die sogar eine Phobie vor diesen zierlichen, kleinen Tierchen haben und in Panik geraten, sobald sie es sehen. Schon wurde es ganz ruhig in der Kabine und Elisabeths Mutti begann zu erzählen…

Vor langer Zeit, sehr langer Zeit, wurde die Erde nicht nur von Menschen, sondern auch von zahlreichen Göttern bewohnt. Das war eine gute Zeit für unseren Planeten, viele Abenteuer, die den Menschen nicht möglich waren, wurden von den Göttern erlebt. Sehr oft gelang es den Göttern, die Erde und damit das Leben auf der Erde zu retten und zu sichern. So lebte zu der Zeit auch eine Jungfrau auf der Erde. Arachne war ihr Name. Sie war das Kind einfacher Leute, denn ihr Vater war ein Purpurfärber. Trotz ihrer sehr einfachen Herkunft hatte Arachne sich im ganzen Land einen guten Namen gemacht, denn sie war als kunstfertige Weberin sehr berühmt. Selbst die Töchter des Zeus, des großen mächtigen Gottes Zeus, die Nymphen waren, die an rebenbewachsenen Berghängen und auf dem Grunde der Flüsse wohnten, kamen oft in Arachnes einfache Hütte. Seinerzeit wohnte man noch in einfachen Hütten, Häuser oder Wohnungen, wie wir sie heute kennen, gab es noch nicht. Die Töchter bewunderten Arachnes Arbeit. Sie waren immer wieder sehr erstaunt, wie es sein konnte, dass sich große Armut und eine so wunderbare Kunstfertigkeit in einer Person vereinen konnte. Die Nymphen waren überzeugt davon, dass Arachne ihre Kunst von der großen Göttin Pallas Athene gelernt haben musste. Eine der Nymphen lobte

Arachnes Arbeit über alle Maßen, aber diese zeigte sich nun gar nicht dankbar, nein, sie war beleidigt. Arachne war eine Sterbliche, aber sie war so stolz auf ihre Kunstfertigkeit, ihr Talent, dass sie beleidigt auf das Lob antwortete: „Nicht der Gottheit verdanke ich meine Kunst! Alles, was ich voll-bringe, ist mein eigener Verdienst. Und nur mein eigener Verdienst. Ich habe mir alles, was ich kann, selber beige-bracht. Keine Gottheit arbeitet mit mir!" Sie war sogar so beleidigt, dass sie es wagte, die Gottheit Pallas Athene zu verspotten. „Wie soll Pallas Athene wohl meine Lehrerin gewesen sein, wo doch meine Kunst und meine Arbeiten so viel besser sind als ihre. Ich bin eine wahre Künstlerin! Wenn die Göttin meint, ihre Kunst ist besser als meine, dann soll sie kommen und sich mit mir messen. Wir werden sehen, wer die bessere Künstlerin ist!" Die Nymphen sahen die Sterbliche, Arachne, erschrocken an. Noch nie hatte eine Sterbliche es gewagt, eine Gottheit heraus zu fordern. Arachne aber blieb dabei, sie war zu stolz und zu beleidigt, so rief sie: „mag sich doch die große Göttin Pallas Athene mit mir im Wettstreit messen! Wir werden sehen, wer die größere Kunstfertigkeit, das größere Talent, besitzt. Sie, die große Göttin oder ich, die Sterbliche. Wir werden es schon sehen. Und wenn Pallas Athene das größere Talent besitzt, darf sie mich bestrafen. Jede Strafe will ich gerne auf mich nehmen!" Entsetzt verließen die Nymphen die einfache Hütte der Weberin Arachne, in der sie so oft zu Gast gewesen waren. Niemals wollten sie wieder zu Arachne gehen, die so respektlos eine Göttin herausgefordert und entehrt hatte. Damit hatte sie alle Grenzen der Sterblichen überschritten. Arachne aber setzte sich trotzig wieder an ihren Webstuhl. Nach einer Weile klopfte es an die Tür. Eine alte, greise Frau trat ein. Sie hatte sehr graues Haar, ihr Rücken war gebeugt und in ihren Händen trug hielt sie einen Stock, den sie zum Gehen benötigte. Die Augen der alten Frau aber strahlten einen sehr warmen Glanz aus, ja, wie eine mütterliche Güte. Sie schien das dieses verblendete Menschenkind zu verstehen, was auch kein Wunder war, denn die alte Frau war die Göttin Pallas Athene selbst. Sie hatte die Gestalt einer weisen, alten Frau angenommen, um Arachne zu bekehren. „Höre auf meinen Rat, mein Kind. Dein Ruhm ist groß, ich weiß, Du bist im ganzen Land als beste Weberin, als Künstlerin bekannt, aber vergiss nie, vor den Göttern immer demütig zu bleiben." Arachne aber blieb auch weiter unbelehrbar, was wollte dieses alte Mütterchen von ihr. „Du altes Mütterchen bist nicht mehr ganz bei Sinnen, das Alter hat Dir den Verstand geraubt. Ich brauche keinen Rat von Dir, ich weiß, dass ich die Beste aller Künstlerinnen bin! Mit der großen Göttin Pallas Athene nehme ich es jederzeit auf. Warum wagt sie es nicht, sich mit mir zu messen, wenn sie so unbesiegbar ist? Soll sie doch kommen!" Arachne gab ihren Trotz nicht auf, sie war eben einfach die Beste, davon war sie überzeugt. Und dieses alte Mütterchen, was wollte es schon? Jetzt aber war die Geduld der großen Göttin Pallas Athene zu Ende. „Sie ist schon da!" Plötzlich stand, statt des alten Mütterchens, die Göttin Pallas Athene in der ärmlichen, einfachen Hütte. Arachne war während ihrer Arbeit nie allein, ständig sahen Frauen voller Bewunderung zu. Voller Schrecken und Demut warfen sie sich vor der großen Himmelsgöttin auf die Knie. „Willst Du Dich immer noch mit mir im Wettstreit messen?" rief die wunderschöne Göttin. Arachne aber behielt ihre trotzige Haltung bei. Sie war die Beste und was wollte schon diese Göttin hier? „Nun gut, Du hast meine Warnung in den Wind geschlagen. Dann treten wir den Wettstreit an!" „So soll es sein", entgegnete Arachne siegessicher. Beide stellten nun ihren Webstuhl auf und begannen zügig mit ihrer Arbeit. So kunstvoll vermischten sie die bunten Fäden und woben goldene Fäden. Die Weberschiffchen flogen nur so hin und her. Unter den Händen der Göttin, Pallas Athene, entstand schnell das Bild der Felsenburg Athens, die heute ihren Namen trägt. Der große

Zeus selbst thronte dort in der Mitte von zwölf weiteren Göttern, neben ihm der große Meeresfürst Poseidon. Er ließ mit seinem Dreizack das Wasser aus den Felsen entspringen. Und mittendrin war sie selbst, Pallas Athene, die begnadete Künstlerin, die große Göttin. Sie war aber nicht nur eine Künstlerin, nein, sie hatte mit ihrem mächtigen Speer einen blühenden Ölbaum aus der Erde hervor treiben lassen. Um aber Arachne zu warnen, fügte sie in die Ecken ihres Bildes vier Bilder ein. Vier Bilder des menschlichen Hochmuts, dem die Gottheiten bereits ein Ende gesetzt hatten. Das musste ihre Rivalen, Arachne, doch sehen und verstehen. Arachne beherrschte ihre Kunst perfekt, ihre Arbeit stand der Arbeit der Göttin in nichts nach. Nur vergaß sie in ihrem Eifer und ihrem Hochmut, die Demut vor den Gottheiten. So hatte sie leichtfertig Bilder ausgewählt, die jede Ehrfurcht der Sterblichen für die Gottheiten vermissen ließen. Sie hatte es gewagt, den großen Zeus in Bildern erscheinen zu lassen, die jedem Sterblichen verächtlich erscheinen mussten. Sie hatte den großen Zeus mit allen menschlichen Schwächen und ohne jede göttliche Hoheit erscheinen lassen. Damit hatte sie keinen Respekt und keine Demut der Gottheit gegenüber gezeigt. Was würde wohl die Göttin Pallas Athene sagen, wenn sie sah, dass eine Sterbliche wagte, ihren Vater, den großen Zeus, so respektlos darzustellen? Die Frauen in der einfachen Hütte hatten den Wettstreit verfolgt. Voller Angst beobachteten sie, was nun geschehen musste. „Wie kannst Du es wagen, Arachne? Du bist eine große Meisterin der Webkunst und Dein Talent ist mit meinem vergleichbar. Das gestehe ich Dir gerne zu. Dein Bild beweist die hohe Kunstfertigkeit, die Du besitzt und großes Lob verdient. Und doch bist Du nicht würdig, Dich eine große Meisterin zu nennen. Es fehlt Dir an Ehrfurcht! Du hast die große Kunst, die Dir von den Gottheiten gegeben wurde, missbraucht, um ein schändliches Bild zu arbeiten! Dafür wirst Du die Strafe der Götter empfangen!" Pallas Athene zerriss in ihrer Wut das schändliche Bild, Arachne warf sich dazwischen, sie wollte ihre Arbeit retten. Schon schlug Pallas Athene sie mit ihrem Weberschiffchen dreimal vor die Stirn. Im gleichen Augenblick war Arachne wahnsinnig geworden und wollte sich das Leben nehmen. Das aber konnte die große Göttin, Pallas Athene, nun doch nicht zu lassen. So sprühte sie Arachne einige Tropfen ihres göttlichen Zauberwassers ins Gesicht. Sofort verschwanden ihre Haare, die Nase und die Ohren. Die einst so wunderschöne Arachne schrumpfte. Sie schrumpfte zusammen, bis am Ende nur ein Tierchen übrig blieb. Ein kleines, winziges Tierchen, das wir heute alle als Spinne kennen. Heute noch lebt Arachne in jeder Spinne und hat so die die Gnade von der großen Göttin bekommen, ihre Webkunst weiter auszuüben."

Aufmerksam hatten alle Fluggäste die Geschichte der armen, aber doch so hochmütigen Arachne verfolgt. Ja, es stimmte, jeder von ihnen hatte schon einmal eine Spinne erschlagen, ohne nachzudenken, einfach weil sie ihn durch ihr Aussehen erschreckt hatte. Die etwas Umsichtigeren unter ihnen hatten vielleicht vorsichtig eine Spinne nach draußen in den Garten getragen, wenn sie eine im Haus gefunden hatten. Aber keiner von ihnen hatte jemals darüber nachgedacht, woher die Spinne eigentlich kam. Keiner hatte gewusst, welche tragische, aber lehrreiche Geschichte hinter diesem kleinen, hässlichen Tierchen stand. Wie lange war es wohl schon her, als sie das letzte Mal ein Spinnennetz gesehen hatten? Meist hatten sie es gar nicht aufmerksam betrachtet, sondern nur achtlos entfernt. Die feine Webkunst hatte niemanden wirklich interessiert, man ärgerte sich eher darüber, wie über so viele kleine Dinge, über die man gar nicht mehr nachgedacht hatte. Aus der Geschichte hatten sie aber noch etwas gelernt. Etwas, das noch wichtiger war, als die Geschichte der Spinne. Sie hatten gelernt, niemals Hochmut zu zeigen. Niemals durfte jemand, der ein besonderes Talent, eine besondere Gabe, geschenkt bekommen hatte, sich darauf etwas einbilden. Nein, man sollte diese Gabe, dieses besondere Geschenk demütig annehmen und andere Menschen dankbar daran teilhaben lassen. Das war der richtige Weg.

Nachrichten aus der großen Ferne

Die Weisen, die im Himmel in einer ganz anderen Dimension lebten, beobachteten unsere Freunde im Flug NN1114 sehr aufmerksam. Ja, sie hatten zufrieden gesehen, wie sich die Menschen an Bord der Maschine veränderten. Die Menschen waren aufmerksam geworden, sie gingen bewusster miteinander um, sie sprachen sehr viel miteinander. Sehr viel hatten sie auch schon aus den Geschichten, die Elisabeths Mutti erzählte, gelernt. Aber es würde noch ein langer Weg sein, bis sie die Menschen wieder auf die Erde zurück schicken konnten, so viel gab es, was diese Menschen noch nicht wussten. Was sie noch alles lernen mussten, damit sie in der Lage sein würden, eine neue, eine wunderbare, großartige Zivilisation aufzubauen. Dafür musste noch sehr viel Wissen vermittelt werden. Noch war genügend Zeit. Das unglückselige Treiben auf der Erde ging weiter seinen Gang und das konnten die Weisen nicht mehr aufhalten. Ihre Hoffnung ruhte auf diesen lieben Menschen an Bord des Flugs NN1114. So beschlossen sie, diesen Menschen nicht nur das Wissen durch die Geschichten, die sie zu hören bekamen, zu vermitteln, sondern ihnen auch die nötige Kraft, die sie für ihre große Aufgabe brauchen würden, zu geben. Es dauerte nicht lange und aus dem Mikrofon ertönte das sanfte Rauschen, das die Menschen schon einmal gehört hatten, aber nicht einordnen konnten. Nach kurzer Zeit verwandelte sich dieses Rauschen wieder in das Rauschen eines Meeres auf der Erde. Ach, das war so schön. Entspannt lehnten sich alle Passagiere in ihre Sitze zurück, sie begannen, davon zu träumen, wie sie vor so langer Zeit am Strand gelegen hatten, wie die Sonne auf sie herab schien und sie dem Meeresrauschen zuhörten. Manchmal waren sie sogar eingeschlafen, weil sie von den gleichmäßigen Wogen so beruhigt wurden. Ja, das war zu schön gewesen, aber hier an Bord war auch alles gut. Das Rauschen verwandelte sich nun langsam wieder in die engelsgleiche Musik, die sie ja auch schon kannten. Alle Passagiere lagen nun beseligt in ihren Sitzen, sie fühlten sich, als würden sie sanft auf einer Wolke davon getragen. So schwebte der Flug NN1114 eine Weile durch die fremde Dimension mit über 300 Menschen an Bord, die sich alle ruhig und geborgen fühlten. Alles war gut. Dann hörten sie wieder die Stimme, die nicht von dieser Welt schien. „Wir sind bisher sehr zufrieden, macht Euch keine Sorgen. Wir werden auch weiter auf Euch achtgeben, Euch auf die große Aufgabe, die Euch am Ende dieser Reise erwartet, vorbereiten. Hört aufmerksam zu, wenn Elisabeths Mutti Euch ihre weisen Geschichten erzählt. Denkt über diese Geschichten nach, sprecht darüber, wie ihr später das Gelernte umsetzen und anwenden werdet. Achtet sorgsam auf Eure Mitmenschen, nicht nur hier in der Maschine, in dieser Unendlichkeit, auch später, wenn Ihr auf Eurem Planeten, der Erde, Eure Aufgaben erfüllt. Achtet darauf, wie sich Euer Nachbar, Euer Arbeitskollege, Euer Freund und natürlich, wie sich Eure Kinder, Eure Partner oder Eure Eltern fühlen. Wenn Ihr es nicht erkennt, fragt nach. Seid sorgsam, aufmerksam und liebevoll im Umgang miteinander. Es wird noch eine Weile dauern, bis Ihr bereit seid, Ihr habt noch so viel zu lernen." Die wunderbare Stimme verstummte, an ihre Stelle tönte nun diese engelsgleiche Musik aus dem Lautsprecher. Ach, diese Reise war einfach wunderbar, zauberhaft, irgendwie magisch. So fühlten sich die Passagiere, als wären sie aus einem wunderschönen Traum erwacht, als sie wieder zu sich kamen. Jeder von ihnen hatte das Gleiche geträumt, den Traum von dieser Stimme, die zu ihnen gesprochen hatte. Sie gingen noch achtsamer als vorher miteinander um und beschlossen, sich nun, nachdem sie schon so viel gemeinsam erlebt hatten, sich endlich zu Duzen. Das war ein weiterer großer Schritt in die Richtung, die sie gehen sollten, die sie später auch leben sollten. Die Weisen im Himmel bemerkten das wohlwollend und waren zufrieden. Trotzdem würde es bis zum richtigen, zum großen Zeitpunkt, noch ein sehr weiter Weg sein.

Auf der Erde

Das Leben auf der Erde war für alle sehr trüb und grau geworden. Die Sonne schien sich immer weiter zu entfernen. Die Menschen auf der Erde erkannten aber nicht, dass sich nicht die Sonne entfernte, sondern dass sie selbst die Schuld daran trugen. Sie trugen so viele trübe Gedanken in sich, dass die Welt sich immer weiter verdunkelte. Früher hatten sie alle einmal die Sonne im Herzen getragen, aber die grausamen Kriege, die fehlende Liebe und das fehlende Mitgefühl hatten dazu beigetragen, dass die Sonne langsam aus ihren Herzen verschwunden war und der Himmel sich ihrer Meinung nach immer mehr verdunkelte. Kaum einer von ihnen konnte sich noch an kleinen Dingen erfreuen, man ging achtlos weiter, wenn jemand um Hilfe bat. Worte wie Bitte oder Danke gehörten schon seit langem der Vergangenheit an. Es war wirklich ein sehr trauriges, schreckliches, armes Leben auf der Erde geworden. Armut, nicht an Geld oder Macht, nein, arm an Gefühlen. Man sprach nicht mehr mit einander, will sagen, man redete nur noch miteinander. Man gab Anweisungen und Befehle. „Tu dies, tu das!" oder „Geben Sie mir dieses oder jenes!" und „Was bekommen Sie dafür?" Keiner der Menschen, die noch auf der Erde lebten, fanden freundliche Worte füreinander, Gespräche, die Freunde früher miteinander geführt hatten, gab es schon seit sehr langer Zeit nicht mehr. Durch die vielen grausamen Ereignisse auf der Erde waren die

Gefühle in den Menschen gestorben. Sie taten, was ihnen gesagt wurde, ohne es auch nur einmal zu hinterfragen. Wurde den jungen Männern im Morgenland gesagt, sie sollten alle Menschen beseitigen, die ihnen in den Weg traten, so taten sie das, ohne weiter darüber nachzudenken. Wenn gesagt wurde, dass man die hilflosen Menschen, die dem tödlichen Virus bereits zum Opfer gefallen waren, liegen lassen sollte, weil sie sowieso sterben würden, tat man das. Diesen armen Menschen noch etwas zu helfen, ihnen ein wenig Würde und Trost beim Sterben zu geben, das tat man nicht mehr. Sie würden sowieso sterben. Kein Mensch auf der Erde fand noch irgendwelche gefühlvollen Worte.

Zur gleichen Zeit in der Kabine vom Flug NN1114

„Bitte, eine neue Geschichte. Wir wollen noch etwas lernen. Und Du erzählst immer so schön", baten die Passagiere in der Kabine. Elisabeths Mutti freute sich, sie erzählte gerne und sie freute sich noch mehr, wenn ihr die Menschen voller Spannung aufmerksam zu hörten. Und so begann sie mit einer Geschichte, die darüber erzählt, wie man die richtigen Worte wählt. Richtige Worte zu sagen, ist eine große Kunst, die die Menschen oft auf der Erde nicht beherrscht hatten. So begann sie mit ihrer Erzählung. „Ich erzähle Euch heute ein sehr altes Märchen, das aus dem schönen Morgenland überliefert wurde. Es erzählt von einem blinden Bettler, einem sehr armen Menschen, der eine wunderschöne Überraschung erleben darf. Vor nicht allzu langer Zeit lebte im Morgenland ein blinder Bettler. Er war sehr arm, so saß er auf einer Stufe vor einem großen Gebäude. Vor sich hatte er seinen alten Hut gelegt und daneben ein großes Blatt Papier hingestellt, auf dem zu lesen war: „Ich bin arm und blind, bitte helfen Sie mir!" Eines Tages kam ein weiser alter Mann vorbei, er hatte sehr lange studiert und sehr viele Bücher gelesen. Nun sah er den blinden Bettler und las das, was auf dem Papier stand. Er nahm das Papier, drehte es um und schrieb etwas darauf. Dann legte er einen Schein in den Hut, wünschte dem blinden Bettler einen schönen Tag und ging weiter. Einige Tage später kam der weise alte Mann am Nachmittag zufällig wieder vorbei. Er kam näher und wünschte dem armen blinden einen guten Tag. Als er dann an dem Bettler vorbei ging, merkte er, dass der Hut des Bettlers voll mit Scheinen und Münzen war. Da rief der blinde Bettler: „Warten Sie einen Moment bitte! Ich möchte Sie etwas fragen!" Der weise alte Mann kam zu ihm zurück und fragte: „Bitte, was möchten Sie wissen?" Der Bettler wollte wissen, was er auf das Blatt Papier geschrieben hatte. Der weise alte Mann hielt einen Augenblick inne und antwortete dann: „Nichts Wichtiges. Ich habe nur Ihren Satz anderes formuliert" und ging weiter. Aber was war nun des Rätsels Lösung? Was war das große Geheimnis, dass der weise alte Mann für sich behalten hatte? Auf dem großen Papier stand nun: „Der Frühling ist da, aber ich kann ihn nicht sehen!"

Darüber dachten die Passagiere an Bord des Flugs NN1114 eine Weile nach. Sie dachten daran, wie sie das letzte Mal den Frühling erlebt hatten. Es war so schön gewesen, zu sehen, wie die Natur langsam wieder zum Leben erwachte, die ersten Blüten aus der Erde hervor krochen. Im Frühling war alles immer anders gewesen, die Menschen wurden fröhlicher, sie genossen die ersten Sonnenstrahlen. Gerne waren sie draußen spazieren gegangen oder sie hatten überlegt, was sie in diesem Jahr noch alles in ihrem Garten tun wollten. Frische kleine Blümchen wurden in die Beete gesetzt, kurz gesagt, das Leben begann irgendwie neu. Fast alle konnten den Frühling riechen, ja, es war so schon sehr schön gewesen, als sie noch auf der Erde gelebt hatten. Nur leider hatten sie dieses erwachende Leben gar nicht mehr so richtig wahrgenommen, weil sie einfach zu beschäftigt gewesen waren. Zu beschäftigt mit oberflächlichen Dingen, beschäftigt mit Geld verdienen, damit noch mehr Wohl-stand zu erreichen, für ein größeres Auto mehr Geld zu verdienen. Wann hatten sie das letzte Mal einfach nur auf einer Bank in ihrem Garten oder einem Park gesessen und den Frühling gefühlt. Wirklich gefühlt hatte den Frühling kaum einer von ihnen, dafür waren sie alle zu oberflächlich geworden. Aber es war auch sehr interessant, zu sehen, wie die richtig gewählten Worte, die Menschen beein-flussen konnten. Das hatten sie aus dieser kleinen Geschichte gelernt, man musste über seine Gefühle sprechen und sie richtig ausdrücken. Nur dann erreichte man seine Mitmenschen. Und nur so konnte ein friedliches Miteinander, ein Miteinander, in dem jeder ehrlich sein konnte, sich nicht verstellen brauchte, funktionieren. Das war ihnen nun klar geworden. Wenn sie dann später irgendwann wieder zur Erde zurück kehren konnten, wollten sie das auf jeden Fall beherzigen. Zeit zum Üben hatten sie ja noch jede Menge, sie würden noch sehr lange in ihrer Dimension, dieser Dimension, die den Menschen auf der Erde völlig fremd und unvorstellbar scheint, schweben. Es gab noch so viel zu lernen.

Auf der Erde

Unterdessen ging es auf der Erde weiterhin sehr traurig zu. Die Menschen sprachen nun nicht gar nicht mehr miteinander. Man grüßte sich nicht mehr, wenn man sich traf. Die Herzen der Menschen hatten sich verdunkelt und so verdunkelte sich das ganze Leben auf der Erde immer weiter. Es war sehr kalt und grau geworden, allerdings bemerkten die Menschen das nicht. Sie gingen ziemlich freudlos ihrem Alltag nach. Und nun war auch noch Dezember, der Monat, in dem Weihnachten gefeiert wird. Dieser Trubel, auch das noch. Wie schrecklich! Man musste auch noch Geschenke kaufen und seine Lieben beschenken. Für die meisten Menschen bedeutete das nur zusätzlicher Stress und noch mehr Ausgaben. Schließlich mussten die Geschenke sehr teuer sein, damit man auch den richtigen Eindruck machte. Weihnachten, was war das eigentlich? Keiner erinnerte sich mehr daran, warum eigentlich Weih-nachten gefeiert wurde. Natürlich, da hatte es mal die Weihnachtsgeschichte gegeben, aber, wer glaubte oder dachte überhaupt noch daran? So eine alte Geschichte, alles Quatsch. Weihnachten hatte sich zu einem riesigen Konsum-Alptraum entwickelt, der niemandem mehr Freude bereitete. Na, und das Christkind, so etwas gab es doch nicht. Trotzdem mussten teure Geschenke heran geschafft werden, man wollte ja niemanden enttäuschen. Ein ziemlich trauriges, irdisches Weihnachten stand den Menschen bevor.

In der Kabine vom Flug NN1114

Elisabeths Mutti hatte, wie sie es jeden Tag tat, auch nach diesem Sonnenaufgang wieder ein Kreuzchen in ihren Taschenkalender gemacht. Auch wenn es in dieser Dimension keine Zeit und keinen Raum gab, wollte sie doch die irdische Zeit verfolgen. So rief sie voller Freude: „In zwei Wochen ist Weihnachten. Wie schön! Wir werden gemein-sam ein schönes Weihnachtsfest feiern!" Das war ja nun mal interessant. Wie sollte man hier denn in der Kabine eines Flugzeugs Weihnachten feiern? Man hatte weder einen Baum an Bord, noch Geschenke. Aber sicher würde es ein schönes Weihnachtsfest werden, hier war alles gut, davon waren sie schnell überzeugt. Es wurde still und Elisabeths Mutti begann mit ihrer Erzählung.

„Am zweiten Adventswochenende war der kleine Lukas bei seinen Großeltern zu Besuch. Er backte mit seiner Oma Weihnachtsplätzchen, das machte ihm sehr viel Spaß. Und es roch dann immer so lecker. Nur der Opa machte nicht mit, er verschwand lieber hinter seiner Zeitung. Hin und wieder ging er zur Arbeitsplatte und stibitzte etwas vom Teig. „Einer muss ja prüfen und sicherstellen, dass der Teig noch in Ordnung ist", sagte er dann und grinste verschmitzt. Der Opa ist ein sehr lieber Mann dachte Lukas. Die Oma schüttelte den Kopf, „manchmal frage ich mich, wer hier von Euch beiden das Kind im Haus ist!" Aber dabei lächelte sie ihren Mann lieb an. Als die Oma mit ihren dicken Topflappen das erste Blech Plätzchen aus dem Ofen holte, schnupperte Lukas. Oh, das riecht so richtig nach Weihnachten, dachte er zufrieden. Der Duft zog durch das ganze Haus. Schmunzelnd öffnete der Opa das Küchenfenster. „Alle Leute sollen riechen, dass jetzt Advent ist!" rief er. Auch die Oma blickte durch das Fenster nach draußen. „Schau nur, Lukas! Wie schön!" Lukas staunte, der Himmel sah aus, als wäre Orangensaft darin ausgelaufen. Darüber wurde es hellorange und dann kam der hellblaue Himmel mit den lang gezogenen orangefarbenen Wolken. „Wie kommt das denn?" fragte Lukas ganz verwundert. „Das ist immer so, wenn das Christkind im Himmel Plätzchen backt." Lukas sah seine Oma zweifelnd an. Ober er nun überhaupt noch fragen durfte, was ich seit Tagen durch den Kopf gegangen war? Lukas wusste nämlich nicht mehr, ob es das Christkind wirklich gab oder ob alles nur ein schönes Märchen war. Da blickte ihn sein Opa an, so als ob er Gedanken lesen könnte. „Nur raus damit, mein Sohn!" meinte der Opa fröhlich. Das hatte er sonst immer nur zu Papa gesagt und für Lukas ist das fast wie ein Ritterschlag. Stimmt, dachte er, ich bin ja auch ein bisschen sein Kind, sein Enkelkind. Jetzt konnte er seine Großeltern einfach alles fragen. „Oma, Opa, begann er leise, dann stockte er. Er traute sich kaum weiter zu fragen. „Gibt es das Christkind in echt? Gibt es das wirklich?" stieß er schnell heraus. Sein Opa nickte, „Stell Dir vor, das Gleiche habe ich mich auch immer gefragt, als ich so alt war wie Du! Ich möchte Dir dazu jetzt etwas

zeigen." Der Opa stand auf und kramte in einer Schublade herum. Dann reichte er Luka einen roten Luftballon. „Blas ihn mal auf!", sagte er. Lukas sah seinen Opa verwundert an. „Aufblasen?" fragte er verwirrt. Was hatte denn das jetzt mit dem Christkind zu tun? Aber der Opa nickte, die Oma nickte auch und so blies Lukas den Luftballon auf. Danach sah er seine Großeltern fragend an und der Opa begann zu erklären. „Obwohl Du die Luft nicht sehen kannst, weißt Du trotzdem, dass sie nun im Ballon ist, oder?" Klar ist die Luft im Ballon, dachte Lukas, da musste er nicht lange überlegen. Er nickte. „Wie können die Luft nicht sehen", fügte seine Oma hinzu, „so wie wir viele wichtige Dinge nicht sehen können. Du kannst nur fühlen, wie lieb Deine Eltern und wir Dich haben. Aber sehen kannst Du die Liebe nicht!" Auf einmal ahnte Lukas, was seine Großeltern ihm damit sagen wollten. Aufgeregt fragte er: „Wenn ich so sehr spüre, dass es das Christkind gibt, gibt es das dann wirklich?" Seine Großeltern nickten gleichzeitig. „Ach, ich bin ja so froh!" rief er. „Komm, Oma, lass uns mit dem Christkind um die Wette backen!" Und das taten sie dann. So lange, bis eine feine Mehlschicht die Arbeitsplatte überzog, einige Teigspritzer an den Fliesen klebten, Schüsseln sich in der Spüle türmten und die Oma das letzte Backblech aus dem Ofen zog. Lukas hatte gar nicht gewusst, das Backen so müde machen konnte. Auch die Oma hatte ganz rote Wangen und stützte sich mit der Hand in den Rücken. Dann kam der Opa, er schob die beiden aus der Küche und erklärte: „So, Ihr Weihnachtsbäcker, lasst mich hier mal klar Schiff machen! Ihr habt genug gearbeitet, ich mache jetzt sauber!" Die Oma gab ihm einen kleinen Kuss und flüsterte ihrem Lukas leise ins Ohr. „Na, habe ich dir nicht den besten Opa der Welt ausgesucht?" Da konnte Lukas die Liebe, die er nicht sehen konnte, spüren."
Die Passagiere waren sehr ruhig geworden, sie dachten an die Weihnachtsfeste zurück, die sie auf der Erde erlebt hatten. Die einen oder anderen hatten auch in der Vorweihnachtszeit viele

leckere Plätzchen gebacken. Sie erinnerten sich daran, wie schön es dann in der Küche und im ganzen Haus gerochen hatte. Ja, sie konnten Weihnachten förmlich riechen. Noch wichtiger aber war das, was sie aus dieser kleinen Weihnachtsgeschichte gelernt hatten. So viele Dinge, die wir nicht mit unseren Augen sehen können, existieren. Man konnte sie fühlen, wenn man sich etwas Mühe gab. Es gab die Liebe, es gab das Christkind, es gab auch für jede Religion einen anderen Gott, es gab Engel, es gab Feen und Hexen, Kobolde, Elfen und Trolle. Es gab die großen und kleinen Wunder auf der Erde, es gab andere, fremde Dimensionen. Man konnte das alles nicht sehen, aber es war da. Der Glaube daran war es, der die Existenz begründete und in den Herzen der Menschen festigte.

„Oh, das war so schön. Bitte noch eine Weihnachts-geschichte, Mutti", bettelte unsere kleine Elisabeth. „Gut, mein Schatz. Ich habe noch eine für Euch. Hört gut zu!" begann sie. Sie erzählte von der kleinen Lena. „Draußen vor den Fenstern tobte ein Sturm. Der Wind schüttelte die Zweige der Bäume durcheinander. Lena hörte den Sturm nicht. Sie lag in ihrem warmen Bett und träumte. Sie träumte von Weihnachten. Alles war ganz wunderbar. Da stand der Baum. Lena hatte ihn zusammen mit ihrem Papa geschmückt. Unter dem Baum lagen viele bunte Pakete. Die Kerzen leuchteten. Oma und Opa saßen auf dem Sofa und strahlten. Und da war auch Leon. Er wohnte neben Lena und war ihr bester Freund, schon immer. Und Strolch, Leons kleiner, war natürlich auch da. Mit der Nase auf dem Boden flitzte er durch das Weihnachtszimmer. Er suchte Krümel, es mussten Krümel da sein, es roch einfach zu gut. Nun zündete der Papa den *So-gut-wie-Kamin* an. Der hieß so, weil er kein richtiger Kamin war. Es war so ein Ding mit einer Flamme darin, die wie ein Kaminfeuer aussah. Und da war auch Leons Mama. Sie saß in dem gemütlichen Ohrensessel und hatte die Füße auf den Hocker gelegt. Sie lächelte und sah glücklich aus. Das tat sie nicht so oft. Eigentlich nur zu

Weihnachten. Sonst hatte sie viele sorgen und kaum Zeit zum Glücklich sein. Leons Mama musste sich um alles alleine kümmern, weil der Papa von Leon nicht da war. Warum? Das war halt so, schon immer. Die Traum-Lena sah sich im Zimmer um. Es war kaum auszuhalten. Genau das war Weihnachten. So war es schon immer gewesen. Aber die Mama fehlte noch! Schon öffnete sich die Tür und die Mama kam herein. Sie hielt einen Teller mit frisch gebackenen Keksen in der Hand und der Duft erfüllte den ganzen Raum. „Fröhliche Weihnachten", wünschte sie den Gästen. Das war kein Traum! Plötzlich war Lena hellwach. Der Plätzchenduft erfüllte ihr Zimmer. Er kam aus der Küche. Es war wirklich Weihnachten! Es duftete so süß und schmeckte doch so bitter. Das warme Gefühl war aus Lenas Bauch verschwunden. Da war jetzt ein dicker Trauerkloß. Dieses Jahr freute sich Lena nicht auf Weihnachten. Es würde nicht mehr so sein wie in ihrem Traum. Sie wohnte nicht mehr neben Leon. Vor einem Monat war Lenas Familie umgezogen. Der Umzugswagen brauchte fast zwei Stunden bis zu dem neuen Haus. Das neue Haus war sehr schön und hatte einen großen Garten. Aber das war Lena egal. Papa hatte es jetzt nicht mehr so weit bis zu seiner Arbeit. Eigentlich war es toll, dass der Papa nun mehr Zeit für sie hatte. Trotzdem war Lena wütend auf Mama und Papa. Sie wollte nicht umziehen. Sie vermisste Leon und Strolch. Und Oma und Opa waren nun auch so weit weg. Lena schlich in die Küche. Die Mama saß am Tisch und stach Plätzchen aus. Es war noch viel Teig da, auch bunte Zuckerstreusel, Schokoladenherzen und gehackte Mandeln. Sonst hatten sie immer gemeinsam gebacken und Lena durfte die Plätzchen verzieren, ganz wie es ihr gefiel. Erst letztes Jahr hatte Lena ein Ausstechförmchen gekauft, das wie ein Hundeknochen aussah. So bekam Strolch seine eigenen Kekse, extra ohne Zucker. Doch heute wollte Lena nicht helfen. Wofür brauchten sie auch so viel Gebäck? Im Wohnzimmer stand schon der Weihnachtsbaum. Er war viel größer als sonst, doch das tröstete Lena auch nicht. Wofür brauchten sie so einen großen Baum? Der Papa schleppte gerade den Karton mit dem Baumschmuck ins Zimmer. Laut pfiff er *Fröhliche Weihnacht überall* und es klang ziemlich schief. Doch das störte ihn nicht, er hatte prächtige Laune. Das hatte Lena noch wütender gemacht. Ihren Eltern schien es ganz egal zu sein, dass dieses Weihnachtsfest so anders werden würde. Halbherzig half sie beim Schmücken. Da fiel ihr eine Kugel aus der Hand und zerbrach. Entsetzt starrte Lena auf den Scherbenhaufen. Das war ihre wunderschöne, mundgeblasene Lieblingskugel gewesen. Sie hatte ganz viele silberne und goldene Sprenkel, die wie Sterne geglitzert hatten. Die Oma hatte sie von ihrer Reise nach Venedig mit gebracht. Weinend lief Lena aus dem Zimmer und warf sich auf das Bett. Blödes Weihnachten, sollten ihre Eltern es doch dieses Jahr alleine feiern! Wo waren nur die Kopfhörer? Lena fand sie unter dem Schreibtisch und setzte sie auf. Sie legte ihre Lieblings-CD ein und drückte die Wiederholungstaste auf dem Abspielgerät. Sie wollte keinen pfeifenden Papa mehr hören. Ganz fest presste sie sich beide Fäuste gegen die geschlossenen Augen. Sie wollte auch nichts mehr sehen. Als ihr jemand vorsichtig auf die Schulter tippte, fuhr sie erschrocken hoch. Es war schon fast dunkel im Zimmer. Neben ihr stand der Papa und lächelte sie an. In seiner Hand hielt er das goldene Glöckchen. Wenn es klingelte, dann war es Zeit für die Bescherung, das war schon immer so gewesen. Vorsichtig nahm Lena die Kopfhörer von den Ohren. Sie fühlte sich noch ein bisschen benommen. Ihre Wut war verraucht. Traurig war sie noch immer und, naja, nun auch ziemlich hungrig. „Klingeling", der Papa schüttelte die Glocke und reichte Lena die Hand. Zusammen gingen sie hinunter ins Wohnzimmer. Lena öffnete die Tür und traute ihren Augen nicht. Träumte sie vielleicht wieder, oder noch immer? „Fröhliche Weihnachten, liebe Lena!", wünschen ihr alle zusammen. Da waren die Oma und der Opa und strahlten sie an. Leons Mama lächelte glücklich und Strolch sprang an Lenas einen hoch. Er wollte gestreichelt werden. Dafür ließ er sogar seinen Hundeknochen-Weihnachtskeks liegen. Leon grinste breit und hüpfte auf sie zu. Nun füllten sich Lenas Augen schon wieder mit Tränen. Doch dieses Mal weinte sie vor lauter Glück. Das ganze Glück passte gar nicht in sie hinein. Verschwommen sah sie, wie die Mama viele Teller mit den bunten Plätzchen füllte. Der Baum sah so prächtig aus. Und der Papa? Der zündete gerade den Kamin an. Eigentlich war es toll, dass das neue Haus einen richtigen Kamin hatte. Jetzt gab es zu Weihnachten ein richtiges Feuer. Aber sonst war es wie immer, und alles war ganz wunderbar!"

„Wie schön, Mami!". Unsere kleine Elisabeth hatte sich fest in die Arme ihrer Mami eingekuschelt. Ja, das war so schön. Sie vermisste ihre Freunde aus dem Kindergarten auch ein wenig, aber sie war ja bei ihrer Mami und ihrem Papi und so vielen lieben Menschen. Diese anderen lieben Menschen waren alle ganz verzaubert von der schönen Geschichte, die von Freundschaft, Nähe und Liebe handelte. Wenn sie einmal auf die Erde zurück kehren würden, sollte es auf jeden Fall immer ein Weihnachtsfest geben. Ein Weihnachtsfest, bei dem nicht die Vielzahl und der Wert der Geschenke eine Rolle spielten, sondern ein Weihnachten, das wirklich ein Fest der Liebe sein würde.

Aus den Lautsprechern tönte erneut das Rauschen, das sie schon kannten. Kurz darauf setzte die schöne Musik ein, die nicht wie von dieser Welt zu sein schien. Erstaunt sahen sich die Fluggäste an, diese engelsgleiche Musik wandelte sich in eine Melodie, eine Melodie, die sie alle kannten. Und schon sangen sie alle „Stille Nacht, heilige Nacht". So schwebte ein Flugzeug, ein Flugzeug mit über 300 Menschen an Bord durch eine den Menschen völlig fremde Dimension, aus dem man, wenn man es hätte hören können, laut und deutlich die wunderschönsten Weihnachtslieder vernehmen konnte. Alles war gut.

Auf der Erde hatte man unterdessen auch Weihnachten gefeiert. Wie immer, mit vielen teuren Geschenken, für die die Menschen sehr viel Geld ausgegeben hatten. Geld, das sie erst verdienen mussten. Sie hatten immer noch nicht erkannt, dass man Liebe und Zuneigung nicht erkaufen kann, dass diese Gefühle von Herzen kommen müssen. An das geheimnisvolle Verschwinden vom Flug NN1114 hatte schon lange keiner mehr gedacht.

In der Kabine vom Flug NN1114

Es war eine schöne Zeit vergangen, eine Zeit, in der alle Passagiere ihren Erinnerungen an das letzte Weihnachtsfest auf der Erde nachgehangen hatten. Wenn sie wieder zurück waren, würden sie alles anders machen, das stand fest.

„Bitte erzähl noch eine Geschichte. Du kannst das so schön. Wir hören Dir so gerne zu", baten einige Elisabeths Mutti, noch eine Geschichte zu erzählen. „Aber gerne doch", antwortete sie. Heute erzähle ich Euch von den sieben Weltwundern auf unserer Erde. Dabei werdet Ihr einiges lernen." „Ja, bitte, erzähle uns davon."

„Auf der Erde seid Ihr alle mal in die Schule gegangen. Für einige von Euch ist das schon sehr lange her, für die anderen noch nicht. Und einige von uns gehen noch in die Schule oder werden sie erst bald besuchen. So wie meine kleine Elisabeth. Eines Tages stellte die Lehrerin ihrer Klasse eine Aufgabe. Sie sollten die sieben Weltwunder aufzählen. So kam schnell diese Aufzählung zustande…

die Pyramiden von Gizeh - das Taj Mahal - der Grand Canyon - der Panamakanal - das Empire State Building - der St. Peters Dom im Vatikan - die große Mauer in China

Als die Lehrerin die Arbeiten einsammeln wollte, bemerkte sie, dass eine Schülerin noch immer nachdenklich über ihrem Blatt saß. Deshalb fragte sie die Schülerin, ob sie Probleme mit der Aufgabe hätte. Die kluge Schülerin antwortete: „Ja, es ist nicht so einfach. Ich konnte meine Entscheidung nicht ganz eindeutig treffen. Es gibt so viele Wunder."

Verwundert fragte die Lehrerin: „Nun, dann sag uns doch bitte, was Du bisher geschrieben hast und vielleicht können wir Dir dann ja weiter helfen." Zuerst zögerte die kluge Schülerin, aber dann las sie doch vor.

„Das sind für mich die sieben großen Wunder der Welt:

Sehen

Hören

sich Berühren

Riechen

Fühlen

Lachen …

… und Lieben

Im Klassenzimmer war es sehr ruhig geworden. Diese alltäglichen Dinge, die wir als selbstverständlich betrachten und oft gar nicht realisieren, sind wirklich wunderbar. Die kostbarsten Sachen im Leben sind jene, die nicht für Geld gekauft und nicht hergestellt werden können. Die Lehrerin staunte, so ein kluges Mädchen. Beachtet Eure Sinne sehr aufmerksam, genießt sie, lebt bewusst mit ihnen und lasst unbedingt all Eure Mitmenschen daran teilhaben."

Es war wieder einmal ganz still geworden an Bord des Flugs NN1114, alle zeigten sich sehr berührt. Ja, es stimmte, man nahm diese Dinge, die die größten Wunder dieser Welt sind, viel zu selbstverständlich. Für jeden von ihnen war es ganz normal, diese Sinne zu haben und zu nutzen. Was aber für ein großes Wunder es war, diese Sinne zu besitzen, wurde ihnen erst jetzt klar. Jeder hatte sofort bei den sieben Weltwundern an die gedacht, die sie alle bereits kannten. Es war so wichtig, selbstverständliche Dinge, wie unsere Sinne, als großes Wunder zu betrachten.

„Lasst es uns nur mal kurz ausprobieren", forderte einer die anderen auf. „Lasst uns für einen Moment lang die Augen schließen, dann werden wir es spüren, wie wir auf unsere Sinne angewiesen sind." So geschah es, ein paar Mutige schlossen die Augen und versuchten, im Kabinengang entlang zu laufen. Natürlich stießen sie sich überall die Beine und Knie an. Ohne etwas sehen zu können, war es absolut unmöglich, voran zu kommen. „Ok, jetzt halten wir uns mal alle die Ohren für eine Weile zu." Auch das probierten alle aus, aber schnell gaben sie den Versuch auf. Wenn sie nichts hörten, konnten sie sich kaum unterhalten und was würde mit diesem zauberhaften Rauschen und der engelsgleichen Musik sein? Sie würden sie gar nicht mehr hören können. Nein, wenn jemand nicht hören konnte, war das nicht gut. Und so probierten sie jedes der sieben genannten „Wunder" aus, kamen aber ganz schnell zu dem Schluss, dass diese „Wunder" viel bedeutender waren, als alle großen Bauwerke der Welt, als alles, was man mit Geld kaufen konnte. Ja, so hatten sie wieder etwas ganz Entscheidendes dazu gelernt. Die wichtigsten Dinge des Lebens, nämlich das Mensch-Sein, Mensch-Sein mit allen Sinnen, das konnte man nicht für alles Geld der Welt kaufen.

„Ich kenne noch eine Geschichte, die der diesen sehr ähnlich ist. Schauen wir mal, ob Ihr die Lehre daraus auch erkennt." Elisabeths Mutti hatte, als sie noch auf der Erde gelebt hatten, wirklich sehr viel gelesen, so kannte sie eine Unmenge an schönen lehrreichen Geschichten, Fabeln, Märchen, Legenden und Sagen. Es machte ihr Spaß, hier diesem Flugzeug, in dieser Kabine, der Kabine eines Flugzeugs, das durch eine fremde, scheinbar unendliche Dimension, schwebt, zu erzählen. Daran hatte sie so viel Freude.

„In einem Hafen an einer westlichen Küste Europas, lag ein ärmlich gekleideter Mann in seinem Fischerboot und döste. Derweil legte ein schick angezogener Tourist eben einen neuen Farbfilm in seinen Fotoapparat. Er freute sich und wollte das idyllische Bild schnell fotografieren: blauer Himmel, grüne See mit friedlichen, schneeweißen Wellenkämmen, schwarzes Boot, rote Fischermütze. Klick. Noch einmal: klick, und da aller guten Dinge drei sind und sicher, sicher ist, ein drittes Mal: klick. Das spröde, fast feindselige Geräusch hatte den Fischer geweckt, der sich nun schläfrig aufrichtete und nach seiner Zigarettenschachtel angelte. Aber bevor er das Gesuchte gefunden hatte, hatte ihm der eifrige Tourist schon eine Schachtel vor die Nase gehalten, ihm die Zigarette nicht gerade in den Mund gesteckt, aber in die Hand gelegt, und ein viertes Klick, das des Feuerzeuges, schloss die eilfertige, fast aufdringliche Höflichkeit ab. Durch jenes kaum mess-bare, nie nachweisbare Zuviel an flinker Höflichkeit, war eine gereizte Verlegenheit entstanden, die der Tourist - der Landessprache mächtig - durch ein Gespräch zu überbrücken versuchte. „Sie werden heute einen guten Fang machen." Der Fischer schüttelte den Kopf. „Aber man hat mir gesagt, dass das Wetter günstig ist." Kopfnicken des Fischers. „Sie wollen also nicht raus fahren?" Wieder ein Kopfschütteln des Fischers, der Tourist wurde zunehmend nervös. Sicher lag ihm das Wohl des einfach gekleideten Fischers am Herzen, nagte an ihm die Trauer über die verpasste Gelegenheit. „Oh? Sie fühlen sich nicht wohl?" Endlich ging der Fischer nun von der Zeichensprache zum wahrhaft gesprochenen Wort über. „Ich fühle mich großartig", gab er zur Antwort. „Ich habe mich nie besser gefühlt." Er stand auf, reckte sich, als wollte er demonstrieren, wie athletisch er gebaut war. "Ich fühle mich phantastisch." Der Gesichtsausdruck des Touristen wurde nun immer unglücklicher und verwunderter, er konnte die Frage nicht mehr unterdrücken, die ihm fast sein Herz zu sprengen drohte, die er nun unbedingt los werden musste: „Aber warum fahren Sie dann nicht raus?" Prompt und sehr knapp kam die Antwort. „Weil ich heute Morgen schon sehr früh raus gefahren bin." „War der Fang gut?" „Er war so gut, dass ich nicht noch einmal rauszufahren brauche. Ich habe vier Hummer in meinen Körben gehabt und fast zwei Dutzend Makrelen gefangen." Der Fischer, nun endgültig erwacht, taute jetzt auf und klopfte dem Touristen auf die Schulter. Dessen besorgter Gesichtsausdruck erschien ihm als ein Ausdruck zwar unangebrachter, doch rührender Sorge. „Ich habe sogar für morgen und übermorgen genug!" sagte er, um den Fremden zu beruhigen. „Rauchen Sie eine von meinen Zigaretten?" „Ja, danke." Die Zigaretten wurden in Münder gesteckt, man hörte nun das fünfte Mal ein Klicken. Der Fremde setzte sich kopfschüttelnd auf den Bootsrand, er legte die Kamera aus der Hand, denn er brauchte jetzt beide Hände, um seiner Rede Nachdruck zu verleihen. „Ich will mich ja nicht in Ihre persönlichen Angelegenheiten mischen", sagte er sehr bestimmt, „aber stellen Sie sich mal vor, Sie führen heute ein zweites, ein drittes, vielleicht sogar ein viertes Mal aus, und Sie würden drei, vier, fünf, vielleicht sogar zehn Dutzend Makrelen fangen. Stellen Sie sich das mal vor!" Der Fischer nickte bedächtig. „Sie würden", fuhr der Tourist fort, „nicht nur heute, sondern morgen, übermorgen, ja, an jedem günstigen Tag zwei-, dreimal, vielleicht viermal ausfahren - wissen Sie, was geschehen würde?" Der Fischer schüttelte den Kopf. Was wollte dieser Fremde nur von ihm? „Sie würden sich in spätestens einem Jahr einen Motor kaufen können, in zwei Jahren ein zweites Boot, in drei oder vier Jahren könnten Sie vielleicht einen kleinen Kutter haben, mit zwei Booten oder dem Kutter würden Sie natürlich viel mehr fangen - eines Tages würden Sie zwei Kutter haben, Sie würden…", die Begeisterung verschlug ihm für ein paar Augenblicke die Stimme, „Sie könnten sich ein kleines Kühlhaus bauen, vielleicht eine Räucherei, später eine Marinaden-Fabrik, mit einem eigenen Hubschrauber herumfliegen, die Fisch-schwärme ausmachen und Ihren Kuttern per Funk Anweisungen geben, sie könnten Fischereirechte erwerben, ein Fischrestaurant eröffnen, den Hummer ohne Zwischenhändler direkt nach Paris exportieren - und dann..." - wieder hatte die Begeisterung dem Fremden die Sprache verschlagen. Voller Unverständnis sah er auf die friedlich herein rollende Flut, in der die noch ungefangenen Fische munter vor sich hin sprangen. „Und dann", sagte er, aber wieder verschlug ihm die Erregung die Sprache. Der Fischer klopfte ihm auf den Rücken wie einem Kind, das sich verschluckt hat. „Was dann?" fragte er leise. „Dann", sagte der Fremde mit stiller Begeisterung, „dann könnten Sie beruhigt hier im Hafen sitzen, in der Sonne dösen - und auf das herrliche Meer blicken." „Aber das tu ich ja schon jetzt", gab der Fischer zur Antwort, „ich sitze bereits ganz entspannt am Hafen und döse, nur Ihr lästiges Klicken hat mich dabei gestört." Tatsächlich zog der so belehrte Tourist nachdenklich von Dannen, denn früher hatte er auch einmal geglaubt, er arbeite, um eines Tages einmal nicht mehr arbeiten zu müssen. So blieb keine Spur von Mitleid mit dem ärmlich gekleideten Fischer in ihm zurück, nur ein wenig Neid. „Ein kluger, glücklicher Mann", dachte er nun bei sich.

„Oh, da ist was Wahres dran", einige derer, die der Geschichte zugehört hatten, waren sehr nachdenklich geworden. Sie arbeiteten auf der Erde den lieben langen Tag, mit dem Ziel, einmal so viel Geld verdient zu haben, dass sie nicht mehr arbeiten mussten. Aber was dann kommen würde, darüber hatten sie noch nie nachgedacht. Sie häuften immer mehr Besitztümer an, fuhren große teure Autos, wohnten in schicken Häusern. Das Beste und das Teuerste waren nur gerade gut genug. Nein, so konnte es nicht weiter gehen. Wenn sie zur Erde zurück kehrten und ihre zweite Chance bekamen, würden sie diese nutzen und alles anders machen. Sie beschlossen, auf jeden Fall das, was sie durch die Geschichten lernten, zu beherzigen, damit eine neue, eine warme, mitfühlende, liebevolle Zivilisation entstehen konnte.

„Bitte erzähle uns noch so eine schöne Geschichte, Du kannst so schön erzählen", baten sie unsere Geschichtenerzählerin, Elisabeths Mutti. So begann sie mit einer Geschichte aus einer sehr frühen Zeit, einer Zeit, in der noch reiche Könige lebten, in der die Königreiche noch an die Söhne weiter vererbt wurden. Um dieser Aufgabe gewachsen zu sein, mussten die Söhne klug sein, sie wurden meistens von den besten Lehrern des Landes unterrichtet, damit sie in der Lage sein würden, ihr Land mit den vielen Menschen, die ihnen vertrauten, klug zu führen. Einmal lebte ein König, er hatte zwei Söhne. Als er alt wurde, sah er ein, dass einer seiner beiden Söhne diese große Aufgabe übernehmen musste. So versammelte er die Weisen des Landes und rief seine beiden Söhne herbei. Er gab jedem der beiden fünf Silberstücke und sagte: „Ihr sollt für dieses Geld die Halle in unserem Schloss bis zum Abend füllen. Womit, ist eure Sache." Die Weisen sagten: „Das ist eine gute Aufgabe, mit der Lösung können sie beweisen, dass sie bereit sind, die große Verantwortung für unser schönes Land zu tragen." Der älteste Sohn ging fröhlich davon und kam an einem Feld vorbei, auf dem die Arbeiter dabei waren, das Zuckerrohr zu ernten und in einer Mühle auszupressen. Das ausgepresste Zuckerrohr lag nutzlos umher. Er dachte bei sich: „Das ist eine gute Gelegenheit, mit diesem nutzlosen Zeug lässt sich die Halle meines Vaters schnell füllen." Mit dem Aufseher der Arbeiter wurde er schnell einig und sie schafften bis zum späten Nachmittag das ausgedroschene Zuckerrohr in die große Halle. Als sie gefüllt war, ging er zu seinem Vater und sagte: „Ich habe deine Aufgabe erfüllt. Auf meinen Bruder brauchst du nicht mehr zu warten. Mach mich zu deinem Nachfolger." Der Vater antwortete: „Es ist noch nicht Abend. So werde ich noch warten, bis Dein Bruder kommt." Bald darauf kam auch der jüngere Sohn. Er bat darum, das ausgedroschene Zuckerrohr wieder aus der Halle zu entfernen, damit er nun seinerseits die Halle füllen konnte. So geschah es. Dann stellte er mitten in die Halle eine Kerze und zündete sie an. Der helle, warme Schein der Kerze füllte die Halle bis in die letzte Ecke hinein. Sein Vater verkündete dann sehr entschlossen und ohne zu zögern: „Du, mein Sohn, Du sollst mein Nachfolger sein. Dein Bruder hat fünf Silberstücke ausgegeben, um die Halle mit nutzlosem Zeug zu füllen. Du hast nicht einmal ein Silberstück gebraucht und hast sie **mit Licht erfüllt**. Du hast sie mit etwas gefüllt, das die Menschen wirklich brauchen." So geschah es, dass der jüngere Sohn in die Fußstapfen seines Vaters trat und das schöne Land bis ans Ende seiner Tage weise führte und regierte." „Ach, wie schön. Eine so schöne Geschichte", riefen einige der Zuhörer aus. Sie waren begeistert, immer mehr verstanden sie, worauf es im Leben wirklich ankam, was wirklich von großer Bedeutung war. Es war wichtig, im Leben kluge Entscheidungen zu treffen und nicht einfach nur eine aufgetragene Aufgabe gedankenlos zu erfüllen, um etwas zu erreichen.

Nun, der Flug NN1114 schwebte weiter durch die fremde Dimension. Alles war gut, alle Fluggäste waren zufrieden. Es ging ihnen gut und es hätte wohl auch immer so weiter gehen können, aber langsam machte sich bei dem einen oder anderen doch ein ganz kleines bisschen Heimweh nach der alten Heimat, der Erde breit. Es war nur ab und zu ein ganz kleiner Gedanke, aber meist mischte sich dieser Gedanke dann auch mit etwas Wehmut und Trauer. Das ging dann meist schnell vorüber, weil Elisabeths Mutti schon eine neue Geschichte vortrug und so die trüben Gedanken schnell verflogen. Dieser Gedanke jedoch, der Gedanke an die alte Heimat, war vorhanden. Alles würde besser werden, das wussten alle von ihnen, doch wie würde es jetzt wohl gerade auf der Erde aussehen und wie ging es da wohl zu? Das wusste keiner von ihnen.

Die Stimme

In der Kabine träumten gerade alle Fluggäste ein wenig vor sich hin, der eine sah seine Lieben vor sich, der andere dachte darüber nach, was er wohl als erstes tun würde, wenn sie die Erde wieder zur Heimat hatten. Keiner von ihnen konnte genau sagen, wie lange sie nun schon mit ihrem Flug NN1114 durch diese fremde Dimension schwebten. Es gab in dieser Dimension weder Zeit noch Raum, so hatten sie immer noch das Gefühl, für einen kleinen Moment unterwegs zu sein. Dass sie nach der irdischen Zeitrechnung nun schon über zwei Jahre unterwegs waren, um etwas über das Leben zu lernen und den großen Katastrophen auf ihrem Planeten zu entgehen, dass wusste keiner der über 300 Fluggäste. Ja, alles war gut. Aber es konnte doch sicher auch noch besser werden. So hing jeder ein wenig seinen Gedanken nach, als jäh dieses, ihnen schon bekannte Rauschen aus den Lautsprechern ertönte. Dieses meeresähnliche Rauschen, das sie so sanft führte und beruhigte. Gleich fühlte man sich, als liege man an einem schönen Strand, die Sonne schien einem ins Gesicht und das Meer rauschte leise vor sich hin. So sahen sie alle für eine Weile dieses Bild in sich, als das Rauschen auch schon in die ihnen bekannte, sanfte Musik, die nicht von dieser Welt zu sein schien, wechselte. Jeder fühlte sich in dieser Musik wunderbar geborgen und seine Seele schien davon zu schweben. Nun ertönte dann plötzlich wieder diese Stimme aus den Lautsprechern. Die Stimme, die sie alle schon gehört hatten. Auch die Stimme war wunderbar warm und hüllte die Zuhörer ein, ja, sie umfing sie förmlich. „Ihr lieben Menschen", sprach einer der Weisen, die im Himmel über den Flug NN1114 wachten und seine Passagiere in der fremden, aber sicheren Dimension, schweben ließen. „Bald ist es so weit. Bald wird Eure Zeit nun kommen. Wir werden Euch auf die Erde zurück senden. Aber bedenkt, es wird nicht mehr die Erde, eure Heimat sein, die Ihr verlassen habt. Als wir Euch zu uns geholt haben, lebten noch sehr viele Menschen in den Dörfern und Städten. Es war eine sehr unruhige und unsichere Zeit, dass wisst Ihr. Wir haben es Euch schon erklärt. Hier, in unserer Dimension, habt Ihr nun so viel gelernt und seid in der Lage, eine neue Menschheit auf Eurer Erde aufzubauen. Das wird nicht einfach für Euch werden, erschreckt Euch nicht. Euer Planet befindet sich in einem schrecklichen Zustand. Ihr müsst zuerst zurück kehren und nach den wenigen Menschen, die alle diese Katastrophen und Kriege überlebt haben, suchen. Gebt Ihnen Liebe und Mitgefühl. Es wird sehr lange dauern, bis sie diese schrecklichen Bilder nicht mehr ihren Augen haben. Umarmt sie und baut ihnen ein neues Zuhause, damit sie wieder eine Heimat finden können. Betet für jeden einzelnen von ihnen, damit ihre Seelen Ruhe finden. Seid mitfühlend mit ihnen, sie haben sehr viel Schreckliches erlebt. Dann müsst Ihr die Toten begraben. Würdigt sie, betet für sie und wir werden jede einzelne Seele zu uns holen. Bitte denkt daran, jedem Toten die Liebe zu geben, die Ihr auch einem Lebenden gebt, nur so wird sein Weg zu uns frei. Wenn Ihr alle Toten geehrt und auf den Weg gegeben habt, wird es Eure Aufgabe sein, die Dörfer und Städte wieder her zu richten. Das wird sehr lange dauern und mühsam werden, aber Ihr schafft es mit unserer Hilfe und Eurem Wissen. Wir sind immer bei Euch, wir senden Euch alle Engel, die Euch unterstützen und helfen. Sobald alle von Euch und alle Anderen wieder ein schönes Zuhause bekommen haben, ist es sehr wichtig, an die Natur zu denken. Die Natur ist das Leben, das habt Ihr hier für alle Zeiten gelernt. Bitte, pflanzt alle einen Baum, bringt Blumen zum Blühen, sät Gemüse und Kräuter in Eure Gärten, vergesst nicht, leckeres Obst anzubauen. Wir werden Euch einen Engel schicken, der bei dieser großen Aufgabe hilft. Die Erde muss wieder erblühen, dann wird dort auch in ferner Zukunft die Sonne wieder scheinen. Es ist überaus wichtig, dass Ihr die Sonne tief in Euren Herzen scheinen lasst. Nur so kann neues Leben entstehen. Wir schicken Euch dazu den Engel, der die Liebe und das Licht aussendet. Hört ihm zu und Ihr werdet überrascht sein. So soll es sein. Bald ist die Zeit gekommen." Damit schwieg diese wunderschöne Stimme. Alle sahen sich an. Nun sollte es bald so weit sein. Wie aufregend. Und Engel würden sie begleiten. Aber konnte man die Engel dann überhaupt sehen? Ach, was für eine Frage. Sie hatten doch von Elisabeths Mutti, der großen Geschichtenerzählerin gelernt, dass alles, an das der Mensch fest glaubt, sich verwirklicht und Gestalt annimmt. Ja, es würde sicher sehr schön auf der Erde werden und eine neue Zeit würde anbrechen. Aber war es nicht schrecklich, dass sie die Toten alle suchen und beerdigen mussten? Nein, das war es nicht, weil sie alle wussten, wie sie die toten Körper behandeln mussten, um ihren Seelen den Weg in den Himmel zu ebnen. Noch einmal ertönte diese wunderschöne, alles einhüllende Stimme. „Ihr werdet eine große Überraschung erleben, wenn Ihr wieder zurück kehrt. Wir haben gesehen, was Ihr doch für liebevolle Menschen seid. Daher haben wir Eure Lieben, die Ihr zurück gelassen habt, die auf Euch gewartet haben und vielleicht immer noch warten, beschützt. Beschützt vor all diesen schrecklichen Kriegen, die in dieser Zeit auf der Erde tobten. Und wir haben ihnen einen besonderen Schutzmantel umgelegt, damit sie nicht von dem tödlichen Virus gepackt und getötet werden, dass auf der Erde um sich greift. Das haben wir für Euch entschieden. Seid stark, auch Eure Lieben haben eine schwere Zeit gehabt, eine sehr schwere Zeit des Wartens, des Hoffens, der Trauer und der Wut. Umso größer wird später dann ihre Freude sein, wenn sie Euch wieder in die Arme schließen können. Denkt bitte immer an unsere Worte, wir werden immer bei Euch sein und über Euch wachen. Ihr werdet nie allein sein. Eure große Aufgabe wird es sein, das Licht und die Liebe wieder in die Welt zu tragen."

Zu dieser Zeit auf der Erde

Nach der irdischen Zeitrechnung waren nun schon über zwei Jahre vergangen. Die wenigen, die all die schrecklichen Massaker noch überlebt hatten, sahen keine Sonne mehr. Sie sahen die Sonne nicht mehr am Himmel und sie trugen sie nicht mehr im Herzen. Alle hatten ihren Glauben und ihre Hoffnung verloren. Es gab kaum noch etwas auf der Erde, was nicht von den Menschen zerstört worden war. Keine Städte, keine Dörfer, in denen sie noch leben konnten. Die übrig gebliebenen Menschen mussten in den Bergen leben. Sie hatten sich, so gut es ging, in provisorischen Hütten eingerichtet, lebten stumm vor sich hin, ohne jede Hoffnung. Und so viele hatten ihre Lieben verloren, es war eine sehr schreckliche, traurige Zeit angebrochen. Nichts, von dem, was einmal existiert hatte, war noch vorhanden. Gar nichts, keine Häuser, keine Schulen, keine Kindergärten, keine Fabriken, in denen man Arbeit fand. Es gab keine Lebensmittel mehr zu kaufen, weil es keine Läden mehr gab. Die wahnsinnigen Terroristen, die ihrer Vision von einem reinen Gottesstaat gefolgt waren, hatten nach langer Zeit erkennen müssen, dass ihnen ihre Macht nicht mehr viel Nutzen brachte. Schwer hatten sie für diese Macht gekämpft, viele junge Männer hatten ihre Leben geopfert, so viele unschuldige Frauen, Männer und Kinder hatten sie auf ihrem Weg getötet, ja, geradezu hingerichtet. Nur, nun gab es keine Bevölkerung mehr, keine Bauern, die Gemüse und Obst anbauten, keine Werke, die Energie erzeugten, keine Fabriken, in den Kleidung oder andere, zum Leben notwendige Dinge hergestellt wurden. Die Macht über einen Kontinent, einen zerstörten Kontinent, die war ihnen geblieben. Leider konnte man von Macht nicht satt werden. Dass mussten sie nun schmerzhaft feststellen. Die Mägen blieben leer, es gab kein sauberes Wasser. So nahm die irrsinnige Idee, einen reinen Gottesstaat zu erschaffen, eine tragische Wendung. Der Kontinent war nun rein, rein, weil nur noch wenige Menschen lebten. Diese letzten Menschen folgten der Idee von dem reinen Gottesstaat nur noch halbherzig, sie zweifelten mittlerweile doch sehr an der Ideologie ihres Führers. Das lag aber daran, dass es den Friedensengeln, die von den Weisen aus dem Himmel geschickt worden waren, endlich gelungen war, sie zu erreichen. Die Friedensengel hatten es geschafft, mit ihre Gedanken und Segnungen ganz leise in die Seelen und Herzen der letzten Gotteskrieger einzudringen. Endlich geschah etwas und einige wenige Gotteskrieger begannen mit dem Umdenken. Sie wussten nicht, dass dieses Umdenken von den Friedensengeln gelenkt wurde. Auch auf dem westlichen Kontinent, auf dem ein furchtbarer Krieg getobt hatte, war es den Friedensengeln endlich gelungen, zu den wenigen Soldaten, die noch lebten, durch zu dringen und sie zu erreichen. Es machten sich große Zweifel am Sinne des Kriegs in den Herzen der Soldaten breit. Sie waren immer weniger bereit, zu kämpfen und ihr Leben zu riskieren, für eine Sache, von der sie nicht wussten, wie sie jemals ausgehen würde. Würden sie jemals die Unabhängigkeit erreichen und wenn ja, wen gab es dann noch? Wer sollte noch von einem unabhängigen Staat profitieren, wenn fast kein Mensch mehr am Leben war? Wenn das gesamte Land zerstört war? Es war eigentlich sinnlos geworden, noch weiter zu kämpfen für ein Ziel das man vielleicht niemals erreichen würde.

Das tödliche Virus hatte inzwischen Tausende von Menschenleben gefordert. Es war ein trauriges Sterben gewesen, jeder hatte große Qualen erleiden müssen, bevor seine Seele endlich die große Reise antreten konnte. Auch auf diesen Kontinent hatten die Weisen noch einen Engel ausgesandt. Sie hofften, dass ihr Engel noch einen Wissenschaftler erreichen konnte um ihm die Lösung zu senden. Und tatsächlich, nach langer Zeit hatte es der Engel geschafft, die Rezeptur für das Gegenmittel, das das schreckliche Seuchensterben verhindern konnte, an die Wissenschaftler weiter zu geben. Einer von ihnen konnte nicht glauben, wie ihm geschah, als er eines Nachts tief im Schlaf versunken war. Er hatte geträumt, ein Engel sei zu ihm gekommen und hatte ihn genau angewiesen, wie er dieses Mittel herzustellen hatte. Sein Traum war sehr realistisch gewesen, so als hätte der Engel wirklich direkt neben ihm am Bett gestanden. Er wusste ja nicht, dass es tatsächlich so gewesen war, am nächsten Tag begann er, gegen alle seine Vernunft, mit der ihm aufgetragenen Arbeit. Anfangs probierte er die Medizin nur an Tieren aus und behielt sein Geheimnis für sich. So wollte er vermeiden, dass seine Kollegen ihn auslachten oder ihn für einen Spinner hielten, wenn er ihnen erklärte, woher er die besondere Rezeptur bekommen hatte. Dann aber, als er feststellte, dass die Medizin bei den Tieren wirkte, begann er ganz vorsichtig, zuerst nur bei denen, für die es wirklich keine Hoffnung mehr gab, seine Medizin an den kranken Menschen zu probieren. Er hatte ihnen alles ganz genau erklärt, sterben mussten sie ja sowieso, dass wussten sie, aber vielleicht gab es für die Kranken, bei der das Virus noch nicht so heftig im Körper gewütet hatte, noch Hoffnung. Gerne ließen sie den Wissenschaftler machen und sich die Medizin verabreichen. Und tatsächlich, das große Wunder, an das keiner mehr geglaubt hatte, geschah. Sogar die Totgeweihten, für die es keine Hoffnung mehr gegeben hatte, wurden nach einiger Zeit wieder gesund. Das Virus konnte nun unschädlich gemacht werden, es war sehr spät, aber noch nicht ganz zu spät. Einige wenige Menschen überlebten auch diese schreckliche Tragödie auf ihrem Kontinent.

So war es den Weisen im Himmel dann doch noch gelungen, obwohl sie wirklich keine Hoffnung mehr gehabt hatten, aus den großen Tragödien der Menschheit, barbarische Kriege und tödliche Seuchen, noch einige Menschenleben zu erretten. Es waren nicht sehr viele, auf jedem Kontinent waren nur noch wenige Menschen am Leben, aber sie lebten. Und sie waren von den Engeln, die sie gesandt hatten, erreicht worden. So bestand Hoffnung, dass diese Menschen irgendwann, in ferner Zukunft von den guten Gedanken, dem Licht und der Liebe, erzählen würden. Sie würden das Licht und die Liebe in sich tragen und weiter geben. Dann war auch bald die Zeit gekommen, den Flug NN1114 mit den über 300 Menschen an Bord, der noch immer in der fremden Dimension, in der alles gut war, wieder auf die Erde zurück kehren zu lassen. Ja, jetzt konnte man diese lieben Menschen bald auf den rechten Weg führen und der Planet Erde bekäme so eine Chance auf eine neue Zivilisation, eine neue Menschheit.

In der Kabine des Flugs NN1114

„Wir haben noch ein wenig Zeit, bis wir wieder nach Hause zurück kehren. Das ist gut, da kann ich Euch noch einige Geschichten erzählen", begann Elisabeths Mutti. „Ich denke, wir freuen uns alle, wenn unsere Zeit gekommen ist. Wir werden unsere Erde, unsere Welt wieder sehen. Aber wisst Ihr eigentlich, wie die Erde unsere Welt einst entstanden ist? Ich habe, als wir noch auf der Erde gelebt haben, immer sehr viel gelesen und bin dabei auf drei verschiedene Möglichkeiten gestoßen. Die eine wurde von Wissenschaftlern entwickelt, hier handelt es sich um eine Theorie. Sie sagen, vor Millionen von Jahren, weit vor unserer Zeit, habe es einmal eine große Explosion im Universum gegeben, den Urknall und dabei sei rein zufällig unsere Erde entstanden. Aber, sagt selber, kann dieser wunderschöne Planet, unsere Erde, das Produkt eines Zufalls sein? So etwas Wunderbares und das soll alles nur zufällig passiert sein? Das kann ich nicht glauben. Dann gibt es noch die Schöpfungs-Geschichte nach Genesis, die wir alle aus unserer Bibel kennen. Die werde ich Euch jetzt erzählen… Am

Anfang schuf unser Gott den Himmel und die Erde, die Erde aber war noch sehr wüst und wirr. Eine große Finsternis lag über ihr und sein Geist schwebte über dem Wasser. So sprach Gott: „Es werde Licht. Und es wurde Licht. Gott sah, dass das Licht gut war. Er trennte das Licht von der Finsternis und er nannte das Licht Tag, die Finsternis nannte er Nacht. Es wurde Abend, und es wurde Morgen. Dann sprach Gott: Ein Gewölbe entstehe mitten im Wasser und trenne Wasser von Wasser. Gott machte also das Gewölbe und trennte das Wasser unterhalb des Gewölbes vom Wasser oberhalb des Gewölbes. Das große Gewölbe nannte er Himmel. Es wurde Abend, und es wurde Morgen. Dann sprach Gott: Das Wasser unterhalb des Himmels sammle sich an einem Ort, damit das Trockene sichtbar werde. So geschah es. Das Trockene nannte Gott das Land, das angesammelte Wasser nannte er das Meer. Daraufhin sprach er: Auf dem Land soll junges Grün wachsen, alle Arten von Pflanzen, die Samen tragen, und von Bäumen, die auf der Erde Früchte bringen mit ihrem Samen darin. So geschah es. Auf dem Land wuchsen alle Arten von Pflanzen, die Samen tragen, alle Arten von Bäumen, die Früchte bringen. Dann sprach Gott: Lichter sollen am Himmels sein, um Tag und Nacht zu unterscheiden. Sie sollen Zeichen sein und zur Bestimmung von Festzeiten, von Tagen und Jahren dienen; sie sollen Lichter am Himmel sein, die über die Erde hin leuchten. So geschah es. Gott machte die beiden großen Lichter, das größere, die Sonne, die über den Tag herrscht, das kleinere, den Mond, der über die Nacht herrscht, auch die Sterne. Er setzte die Lichter an den Himmel, damit sie über die Erde hin leuchten, über Tag und Nacht herrschen und das Licht von der Finsternis trennten. Dann sprach er: Das Wasser soll von lebendigen Wesen nur so wimmeln und Vögel sollen über dem Land am Himmel dahin fliegen. Er ließ alle Arten von großen Seetieren und anderen Lebewesen, von denen das Wasser wimmelt, alle Arten von gefiederten Vögeln, entstehen. Dann sprach Gott: Das Land bringe alle Arten von lebendigen Wesen hervor, von Vieh, von Kriechtieren und von Tieren des Feldes. So geschah es. Er schuf alle Arten von Tieren des Feldes, alle Arten von Vieh und alle Arten von Kriechtieren auf dem Erdboden. Dann schuf er den Menschen. Sie sollten weise herrschen über die Fische des Meeres, über die Vögel des Himmels, über das Vieh, über die ganze Erde und über alle Kriechtiere auf dem Land. Als Mann und Frau schuf er sie. Gott segnete sie, und Gott sprach zu ihnen: Seid fruchtbar, und vermehrt euch, bevölkert die Erde, unterwerft sie euch, und herrscht über die Fische des Meeres, über die Vögel des Himmels und über alle Tiere, die sich auf dem Land regen. Dann übergab er alle Pflanzen auf der ganzen Erde, alle Bäume mit samenhaltigen Früchten an die Menschen. Sie sollen Euch als Nahrung dienen. Allen Tieren des Feldes, allen Vögeln des Himmels und allem, was sich auf der Erde regt, gebe ich alle grünen Pflanzen zur Nahrung. So geschah es. So wurden der Himmel und die Erde vollendet. Am siebten Tag ruhte er, diesen Tag erklärte er für heilig, der siebte Tag der Woche sollte für alle Menschen ein Ruhetag sein.

So ist nach der Erzählung aus unserer Bibel die Erde entstanden. Gott hat all das Wunderbare, das wir jeden Tag erleben durften, geschaffen. Und für alle, die es in der üblichen Hektik und Unüberlegtheit, in der wir auf der Erde gelebt haben, vergessen haben sollten. Der siebte Tag, der Sonntag, sollte uns ein heiliger Tag sein. Wir sollten nicht am Sonntag arbeiten, wir sollten stattdessen Zeit mit unserer Familie verbringen, einmal in uns gehen und versuchen, den Sonntag dafür zu nutzen, das Schöne, das Große an dieser wunderbaren Schöpfung, zu erkennen und zu würdigen. Wir sollten dieses große Wunder, verstehen lernen und es dankbar annehmen. Bisher haben wir dieses Wunder nur zerstört. Wir müssen neu lernen, besser mit unserer Welt umzugehen.

Und dann gibt es da auch noch eine alte griechische Sage über die Entstehung unseres wunderschönen Planeten, über die Erschaffung unserer Welt. Zu Beginn aller Dinge war der grenzenlose Weltraum, den die Dichter des Altertums Chaos nannten. Ohne Anfang und ohne Ende, ähnlich wie die Dimension, in der wir uns jetzt befinden. Es war einfach unermesslich und für uns Menschen unvorstellbar, gefüllt mit dichtem, finsteren Nebel. Einfach ein riesengroßes Nichts. Trotz alledem befanden sich schon die Grundbestandteile allen Lebens, die Erde, das Wasser, die Luft und das Feuer im Chaos. Ich weiß, wenn Ihr an das Wort Chaos denkt, denkt Ihr an ein großes Durcheinander. Ein Durcheinander, in dem niemand einen Überblick hat oder auch nur annähernd haben kann. Aus dieser riesigen Leere gingen vor sehr langer Zeit, Gaia, die Erde und der dunkle Tartaros, der Abgrund unter der Erde, hervor. Weil allein das aber nicht reichen würde, wuchs auch noch der große Gott Eros, der Gott der im ewigen Weltall wirkenden Liebe, hervor. Gaia, die Erde, erzeugte daraufhin das Meer und den Himmel, die von den Alten seinerzeit Pontos und Uranos genannt wurden. Nach einiger Zeit zwang dann Eros, die alles bezwingende Liebe, die Titanen, die drei Kyklopen und die drei hundertarmigen Riesen, die alle Kinder der Urmutter Erde waren, dazu sich mit dem Meer und dem Himmel zu verbinden. Ihr seid sicher erstaunt, welche merkwürdigen Gestalten sich früher vor Millionen von Jahren auf unserer Erde befunden haben. Aber das sagt diese schöne alte griechische Sage, die ich auch vor langer Zeit auf der Erde gelesen habe, aus. Nach hunderten von Jahren aber machte sich Uranos, der Himmel, zum Herrn über alles. Auch weit vor unserer Zeit gab es schon das Bestreben nach Macht, wie Ihr seht. Uranos war der Vater von riesigen, einäugigen Gestalten, die Kyklopen genannt wurden. Sie galten als die Erfinder der Blitze, der Blitze, die wir auch heute noch nur zu gut kennen. Dazu kamen noch zwölf Titanen, von denen Uranos ebenfalls der Vater war.

Sie waren sehr riesig und hatten eine unglaubliche Kraft, das könnt Ihr Euch heute nicht im Geringsten vorstellen, glaubt mir. Diese Titanen sollten die Stammeltern der späteren Gottheiten werden. Sie herrschten über den großen Ablauf, nach dem auch heute noch unsere Welt funktioniert, der dafür Sorge trägt, dass wir leben können. Der große Welten-Ablauf umfasst einfach alles, er sorgt dafür, dass sich die Erde dreht, dass das Meer um die Erde fließt. Alle Flüsse und Meere entspringen diesem großen Welten-Strom, so wurde er vor Millionen von Jahren genannt…

So endete auch diese wunderschöne Geschichte von der Entstehung der Welt, Gaia, der Mutter Erde. Auch die Schöpfungsgeschichte nach Genesis, die wir ja alle kennen, sorgte noch lange für Gesprächsstoff der lieben Menschen an Bord des Flugs NN1114. Wie würde es wohl aussehen, wenn sie zur Erde zurück kamen? Was würde wohl sein? Würde es noch Menschen geben? Und wenn ja, was hatten diese Menschen wohl bereits alles erlebt? Wenn es überhaupt noch Menschen gab, wie konnte man ihnen noch helfen? Und … würde es die Welt selbst noch geben? Gäbe es Bäume, Wälder, Berge, Flüsse, Seen und die Meere noch. Oder hatten es die Menschen geschafft, nicht nur sich sondern auch noch die Natur zu vernichten?

Eine große Reise

Plötzlich geschah im Cockpit vom Flug NN1114 etwas. Lange Zeit, während das Flugzeug von den Weisen im Himmel durch die fremde Dimension gesteuert worden war, war nichts passiert. Die Weisen ließen das Flugzeug durch die Dimension schweben, die Passagiere, die Piloten und die Stewardessen fühlten sich wunderbar wohl und geborgen. Sie machten sich keine großen Sorgen, um das was auf der Erde sein würde, wenn sie wieder zurück wären. Nein, alles würde auf eine interessante, wunderbare Art und Weise gut sein, das wussten sie. Der Flug NN1114 verlor langsam ein wenig an Höhe, das bemerkte zuerst der Pilot. Er sah auf seinen Höhenmesser im Cockpit, das er Recht hatte, es war wirklich so. Die Maschine hatte ein wenig an Flughöhe, die ja nach menschlichen Vorstellungen, völlig unmöglich war, verloren. Aber sie schwebte immer noch ruhig durch die Dimension, in der alles gut schien. Tatsächlich war es so, dass die Weisen die Maschine langsam wieder auf die Erde zurück führten. „Komm, schau mal", rief der Pilot seinen Co-Piloten ins Cockpit. „Sieh Dir das an, siehst Du das? Wir scheinen etwas zu sinken." „Entweder zeigt der Höhenmesser nicht richtig an oder wir kehren langsam zurück. Auf jeden Fall sinken wir, wir verlieren an Flughöhe." „Ja, das sieht so aus. Es scheint wirklich so weit zu sein, wir kehren langsam zurück Aber wir wollen vorsichtig sein, wir werden den Passagieren noch nichts sagen. Lass uns das erst noch weiter beobachten, damit wir keine unnötigen, falschen Hoffnungen wecken. Eine Unruhe, die mit Enttäuschung und Traurigkeit einher geht, können wir hier an Bord nicht gebrauchen. Wir warten ab, alles wird gut." „Ja, das denke ich auch, wir sollten auf jeden Fall noch warten." Die zwei waren sich schnell einig, es war auf jeden Fall richtig, noch zu warten, ehe man die Passagiere darüber informierte, dass man wohl langsam die Rückreise zur Erde antreten würde. Zu schade wäre es gewesen, wenn sich alle Hoffnungen auf eine Rückkehr machten, die dann später enttäuscht würden. Der Pilot ging zurück in die Kabine zu den Passagieren, er bat Elisabeths Mutti, noch eine Geschichte zu erzählen. So würde die Zeit weiter verstreichen, die Menschen waren abgelenkt und man würde sehen, was passierte. „Ja, gerne doch", gab Elisabeths Mutti zur Antwort. „Ja, bitte, erzähl uns noch eine von Deinen schönen Geschichten", auch die Passagiere freuten sich auf die nächste Erzählung. Sie hatten noch nichts bemerkt. Sie waren zufrieden und ruhig, alles war gut. Elisabeths Mutti begann. „Als ich noch ein kleines Mädchen war, ungefähr so alt wie meine süße kleine Elisabeth, kannte ich eine kleine Sternenfee. Von der möchte ich Euch jetzt erzählen." „Ja, bitte." Alle waren sehr gespannt, eine Sternenfee, was mochte das wohl für ein interessantes Wesen sein? „Wenn ich in der Nacht nicht schlafen konnte, ging ich an mein Fenster und sah nach den Sternen. Dann dachte ich an die Sternen-Fee. Sie ist etwa so groß wie mein kleiner Finger. Sie hat goldene, kleine Flügel und eine rote Nase. Das kommt von dem Sternstaub, der immer überall herum wuselt. Wenn ein Sternchen stirbt, so ist es eine Sternschnuppe. Die kleine Sternen-Fee wohnt auf einer kleinen Wolke, da schläft sie tagsüber und nachts, wenn es draußen dunkel wird, und der Mond am Himmel scheint, dann kommt sie runter auf die Erde, wo die Kinder schlafen. Sie fliegt durch die Straßen, durch die Häuser und guckt in die Bettchen, ob die Kinder schon schlafen. Und wenn sie friedlich schlummernd in ihren Bettchen liegen, dann fliegt sie weiter zum nächsten Haus. Aber manchmal, da findet sie Kinder, die nicht friedlich schlummernd in ihren Bettchen liegen, sondern traurig sind oder Angst haben. Kinder sind manchmal traurig oder haben Angst, allein im Bett zu schlafen. Ich war oft traurig - oder hatte Angst, dann saß ich in meinem Kleiderschrank, ich kann mich nicht erinnern, jemals in meinem Bett geschlafen zu haben. Immer schlief ich in meinem Kleiderschrank, da war es schön warm und gemütlich und außerdem war man geschützt vor Monstern und Vampiren, dem Oskar aus der Mülltonne von der Sesamstrasse, der immer so böse guckte. Ich habe sie gehasst, auch die bösen, großen Menschen. Sie schrien mich an, weil ich meinen Spinat nicht essen wollte, weil ich meine Autos quer durch die Wohnung geschmissen hatte. Einmal haben sie mir meinen Teddy weggenommen, weil ich meine Wände angemalt hatte. Teddy und ´ich, wir waren unzertrennlich gewesen. Er hat mich immer beschützt und ich durfte immer bei ihm weinen, wenn ich traurig war. Aber dann haben sie ihn mir weggenommen. In der Nacht kam die Sternen-Fee auch zu mir, ich saß in meinem Kleiderschrank ganz allein, da kam sie zu mir geflogen, quetschte sich durch die Schranktür und landete auf meinen Knien. Sie sah mich an und sagte:" Hallo, meine Kleine, ich bin die Sternen-Fee." Ich wusste gar nicht, was ich sagen sollte. Schließlich hatte ich noch nie eine Fee gesehen oder mit einer gesprochen. Klar kannte ich Feen, wie die von Peter Pan, aber die kleine Sternen-Fee war doch echt. Sie flog Kringel und Kreise vor meiner Nase, so dass ihre goldenen Löckchen durch die Luft flatterten. Schließlich landete sie auf meinem Bauch. ich nahm sie auf die Hand, ganz vorsichtig. Sie erzählte mir von ihrer Wolke, auf der sie wohnte und ich erzählte ihr von den Vampiren, den Monstern und von meinem Teddy. Sie hörte mir zu und sah mich nachdenklich an. Dann sagte sie: „Wir sollten zuerst mal versuchen, den Teddy wieder von dem Schrank herunterzubekommen…"

Ich hatte es schon ein paarmal versucht, aber der Schrank war einfach zu hoch, selbst mit drei Büchern auf dem Stuhl war er immer noch zu hoch. Die Sternen-Fee flog auf den Schrank und schaffte es mit viel Mühe, meinen Teddy bis an die Kante zu ziehen, so dass er bei mir im Arm landete. Teddy war für die kleine Sternen-Fee wohl doch etwas zu schwer gewesen, dabei war er noch nicht mal so groß. Eigentlich war er ja auch gar kein Teddy, er hatte weder eine Teddy-Nase, noch Teddy-Ohren oder ein Teddy-Fell. Teddy war rot und sah eher aus wie ein Erdmännchen oder ein Marsmännchen. Ja, so das mein Teddy. Auf jeden Fall war die arme kleine Sternen-Fee ganz erschöpft. Ihr Gesicht war vor lauter Anstrengung genau so rot wie ihr Näschen geworden. Wir legten uns wieder in den Kleiderschrank. Die Sternen-Fee sagte, wir sollten jetzt schlafen, sie würde auf uns aufpassen und dann morgen Abend wieder kommen. Als Teddy und ich am nächsten Morgen erwachten, war die kleine Sternen-Fee weg. Teddy und ich beschlossen, eine Wohnung für sie zu bauen. Wir nahmen einen Schuh-Karton und malten ihn an. Dann nahmen wir aus meinem Puppenhaus ein paar Möbel, ein Bett, in das wir ein Taschentuch als Bettdecke legten, einen Tisch und einen Stuhl. Wir stellten die Wohnung in den Kleiderschrank. Abends kam die kleine Sternen-Fee wieder. Ihr linker Flügel war ganz schwarz. Sie erzählte uns, dass sie ihn sich verbrannt hatte, als sie versuchte, eine Sternschnuppe zu retten. Ich legte sie erst mal in ihr Bettchen und deckte sie zu. Dann fragte ich sie, warum sie versuchte, Sternschnuppen zu retten und sie begann mir vor den Sternen zu erzählen. „Jedes Kind hat einen Stern. Dieser Stern ist wie das Lachen und die Träume von ihm. Wenn die Kinder glücklich sind, wenn sie lachen, und wenn sie Träume haben, von ganz viel schönen Sachen, dann leuchten ihre Sterne ganz hell am Himmel. Aber manche Kinder sind traurig und sie verlieren ihr Lachen, ihre Träume. Dann hören die Sterne auf, so hell zu leuchten. Die Kinder werden älter und die großen Menschen nehmen ihnen ihre Sterne, ihre Träume, ihr Lachen - dann hören die Kinder auf zu träumen und die Sterne leuchten nicht mehr, sie sterben. Dann ist da, wo früher einmal der Stern von dem Kind war, nur noch eine schwarze, leere Stelle, der Stern stirbt und fällt als Sternschnuppe vom Himmel. Aber manche Kinder verlieren nie ihre Sterne, sie behalten ihr Lachen und ihre Träume - auch wenn sie groß sind."

Ich fragte die Sternen-Fee, ob ich auch einen Stern habe und sie erklärte mir, dass sie deshalb bei mir sei, weil mein Stern nicht mehr so hell leuchte wie die anderen. Dann fliegt sie nämlich zu den Kindern, deren Sterne zu erlöschen drohen und gibt ihnen ihre Träume und ihr Lachen zurück. Ich beschloss, nie mehr meinen Stern zu verlieren und wollte versuchen, wieder neue Träume zu finden. Oft kam die kleine Sternen-Fee noch zu mir und ich erzählte ihr von den Blumen, vom Meer, und vor allem vom Traum mit den Sternen. Da wo es nachts heller ist als tagsüber, weil es dort keine traurigen Kinder gibt. Mein Stern leuchtete wieder und ich konnte ihn nachts am Himmel sehen, wenn ich auf die Sternen-Fee wartete. Ich konnte nicht verstehen, warum sich die Leute freuten, wenn sie eine Sternschnuppe sahen, es ist doch traurig zu sehen, wie ein Kinderherz stirbt. Aber die großen Menschen finden das schön. Sie wünschen sich auch dann noch etwas. Die Menschen haben nicht das Recht, die Kinderträume zu zerstören, denn was wäre schon eine Welt ohne Kinder, ohne Träume, ohne Lachen und ohne Sterne? Manchmal wollte ich die Sternen-Fee in den Arm nehmen und nie wieder loslassen, aber ich konnte es nicht, weil sie so zerbrechlich war. Ich hatte sie unheimlich lieb, die Sternen-Fee, genau so lieb wie Teddy, nur dass ich es ihr nie gesagt habe. Ich dachte, sie würde für immer bei mir und Teddy in der kleinen Wohnung bleiben. Aber dann kam der Tag, an dem sie mir sagte, dass sie weiterfliegen müsste, weiterfliegen zu anderen Kindern, die drohten, ihre Sterne zu verlieren. Wenn sie nicht ihr Lachen und ihre Träume zurückgeben würden. Und dann ging sie - genau so, wie sie gekommen war. Und ich vermisse sie sehr, die kleine Sternen-Fee, auch wenn ich auch jetzt schon erwachen, aber eigentlich ein großes Kind bin. Manchmal sah ich abends in den Schuhkarton in der Hoffnung, dass sie zurück gekommen wäre, aber sie ist nie mehr zurückgekommen. Oft frage ich mich, ob sie mich vergessen hat. Aber wenn ich aus dem Fenster sehe und meinen Stern leuchtend am Himmel sehe, dann weiß ich, sie sieht ihn auch und freut sich darüber, wie er leuchtet. Wenn ich die Sternen-Fee nun auch für immer verloren habe, so bin ich stolz, dass mein Stern leuchtet, so wie sie es haben wollte."

„Oh, wie schön, aber auch ein bisschen traurig, die Geschichte."
„Nein, es ist nicht traurig. Wir haben alle einen Stern, unseren eigenen Stern. Und wir sind in der Lage, die Sterne, die zu uns gehören, zum Leuchten zu bringen. Ist das nicht schön? Lasst uns alle ein wenig träumen, wir können davon träumen, wie

schön die Welt werden wird, wenn wir erst einmal zurück gekehrt sind. Wir können alle träumen, wir sind alle im Herzen Kinder. Wir sind die Kinder dieser Erde, dieser Welt. Lasst uns davon träumen, wie wir eine neue Welt aufbauen und wie schön es sein wird. Denn dass unsere neue Welt voller Frieden, Licht und Liebe sein wird, das ist klar. Das möchten wir alle und wir müssen nur fest daran glauben. Wenn wir jetzt davon träumen, wie es dann mal sein wird, werden wir unsere Sterne zum Leuchten bringen. Lasst es uns jetzt einfach tun." Ja, und so geschah das kleine Wunder in der uns Menschen so fremden Dimension. Über 300 liebe Menschen stellten sich vor, wie sie die Welt verändern, wie sie gemeinsam miteinander eine neue Welt erschaffen würden. Sie dachten daran, wie sie friedlich zusammen leben würden, wie schön dieses neue Leben auf der Erde sein würde. Hier an Bord war alles gut, aber auf der Erde würde alles wunderschön und friedlich werden. Ein Leben voller Licht und Liebe. „Sieh nur", der Co-Pilot zeigte aus dem Fenster des Cockpits. „Sieh nur, es wird ganz hell, die Sterne leuchten besonders hell. Schau, mit unseren Träumen, die wir auch als Erwachsene noch haben dürfen und können, sind wir in der Lage, die Sterne zum Leuchten zu bringen." Alle hatten sie so schöne Träume, sich das neue Leben auf der Erde vorzustellen, das war so wunderbar, dass es wirklich ein Wunder gab. Die schönen Träume, die alle träumten, hatten tatsächlich alle Sterne in der uns so fremden Dimension zum Leuchten und Strahlen gebracht. So hell war es seit Milliarden von Jahren niemals im ganzen Universum gewesen. Auch die Weisen, die im Himmel lebten und über unseren Flug NN1114 wachten, sahen dieses wunderschöne, helle Strahlen und Funkeln der Sterne. „Nun sind sie bereit", begann einer von ihnen. „Jetzt ist die Zeit gekommen. Wir können sie ganz beruhigt und ohne Sorge zur Erde zurück führen. Lasst uns damit beginnen." Noch völlig von dem wunderbaren Funkeln und Strahlen des gesamten Universums beeindruckt, bemerkte im Cockpit zuerst einmal keiner, das sich wieder etwas tat. Der Höhenmesser zeigte weiter einen geringen Höhenverlust an. Es war zu schön, dieses Licht, dass nicht von dieser Welt zu sein schien. Und das war es ja auch nicht, es war ein Wunder. Ein Wunder, dass von Menschen, die träumten, geschaffen worden war. „Komm, schau mal. Ich glaube, wir sind wieder etwas gesunken! Schau!" Der Pilot sah auf den Höhenmesser, tatsächlich, sie hatten wieder etwas von der unglaublichen Flughöhe verloren. Das Licht der funkelnden Sterne erhellte noch immer das gesamte Universum.

Zur gleichen Zeit auf der Erde

Der Flug NN1114 war nun nach der irdischen Zeitrechnung schon fast drei ganze Jahre verschwunden, aber an das größte ungelöste Rätsel des modernen Luftverkehrs dachte auf der Erde sowieso keiner mehr. Die Menschen, die noch auf der Erde lebten, hatten andere Sorgen. Das Leben auf ihrem Planeten, der Erde, hatte sich sehr verändert. Es war trostlos und grau geworden, die Sonne stand ab und zu am Himmel, aber keiner der Menschen nahm das noch wahr. Sie litten durch Hunger und Durst, sie litten an Krankheiten, sie waren traurig geworden. Kinder wurden nicht mehr geboren, die Menschheit auf der Erde schien immer weiter zu verschwinden. Was sollten sie hier noch auf dieser trostlosen, grauen Erde. Da konnte auch ein bisschen Sonnenschein nichts mehr ausrichten. An einem dieser trostlosen Tage saßen auch zwei der Gotteskrieger in den Bergen, in die sich geflüchtet hatten, sie sinnierten noch etwas über die Zeit, die sie als ihre große Zeit bezeichneten. Ja, sie hatten sich sehr groß und sehr sicher gefühlt. Sie hatten an ihren Gottesstaat, den reinen Staat, geglaubt, aber irgendwann hatten sie feststellen müssen, dass sie nur der wahnwitzigen Idee eines Terroristen gefolgt waren. Dieser Krieg hatte nur großes

Verderben über das einst so schöne Morgenland gebracht. „Wir haben Fehler gemacht, sehr viele Fehler. Das wird unser Gott uns niemals verzeihen. Wir haben so viele unschuldige Menschen getötet, das können wir nie wieder gut machen." „Ja, mein Freund, ich weiß. Nun straft unser großer Gott im Himmel uns. Er straft uns mit Hunger. Wir müssen hier in einem Lager, irgendwo in den Bergen, leben. Unser letzter Wasservorrat wird auch nur noch für ein paar Tage reichen, wir müssen sehr sparsam damit umgehen. Das ist unsere gerechte Strafe, die müssen wir aushalten, bevor unser Gott uns dann endgültig zu sich holt." So sinnierten die zwei noch eine Zeit lang vor sich hin, ja, aus dem schönen Gottesstaat, für den sie so verbittert gekämpft hatten, war nur Elend, Not und Tod entstanden. Kein Paradies, nein, die Hölle auf Erden, wie man so schön sagt, erlebten sie. Plötzlich rief der ältere der beiden: „Sieh nur, siehst Du das auch?" „Was", der jüngere schlug seine Augen auf, er war zu erschöpft, Hunger und Durst machten ihm schwer zu schaffen. Schon glaubte er, zu träumen. Vielleicht war seine Zeit bald gekommen und sein Gott würde ihn von seinem Leiden erlösen. „Es ist so hell und so schön", er war so verwundert. So etwas hatte er noch nie in seinem Leben gesehen und erlebt, das war etwas Wunderbares. Er musste auf dem Weg zu seinem Gott sein, anders konnte er sich dieses Wunder nicht erklären. „Schau, wie schön! Dieses Licht! Woher kommt das nur?" „Siehst Du das auch? Es ist so wunderbar, so hell, es funkelt so schön. Als würden Millionen von Sternen auf einmal nur so um die Wette strahlen." Unsere zwei unglücklichen Gotteskrieger wurden von einem Licht umfangen, ein Licht, dass sie einhüllte und ihre Herzen erwärmte. Sie waren völlig ratlos, aber sie fühlten sich wunderbar. Alles war plötzlich gut. Nun sahen sie, wie die wenigen Menschen, die mit ihnen in den Bergen lebten, man konnte es eigentlich nicht als Leben bezeichnen, auch alle erstaunt mit sehr ungläubigen Augen zum Himmel sahen.

Dieses warme, unglaublich schöne Licht faszinierte alle. Alle dieser traurigen Menschen wurden von dem Licht umfangen. Einige waren so berührt, dass sie sogar in Ohnmacht fielen. „Was mag das nur sein? So etwas habe ich in meinem ganzen Leben noch nicht gesehen. Das ist ein Licht, das nicht von dieser Welt sein kann. Es muss aus einer anderen Welt, von Gott, kommen? Von der Erde kommt es auf keinen Fall, so etwas hat es noch nie gegeben." Das sprach der Älteste unter ihnen, er war schon sehr alt, er hatte in seinem langen Leben schon sehr viel gesehen, also wusste er, wovon er sprach. Diese wenigen Menschen auf der Erde wussten ja nicht, dass sie das helle Funkeln und Leuchten der Sterne sahen, dass unsere lieben Passagiere des Flugs NN1114 durch ihre Träume entfacht hatten. Ja, es war wirklich zu schön, dieses Licht, diese Wärme, die rund um den ganzen Erdball die wenigen Menschen, die noch am Leben waren, einfing und umhüllte. Dieses warme wunderbare Licht und das Strahlen und Funkeln der Sterne gab ihnen tatsächlich wieder etwas Hoffnung. Vielleicht würde es ja doch irgendwie weiter gehen. Vielleicht gab es ja doch so etwas wie einen Gott oder eine überirdische Macht, die ihnen dieses wunderschöne Licht sandte?

Zur gleichen Zeit an Bord vom Flug NN1114

„Schau, wir sind wieder etwas gesunken." „Tatsächlich!" Ja, es war tatsächlich so. Flug NN1114 verlor langsam, aber gleichmäßig an Flughöhe. „Wir werden aber lieber noch etwas warten, bis wir unsere lieben Fluggäste informieren. Irgendetwas geht hier vor sich, das steht fest. Ich denke, wir befinden uns auf dem Rückflug zur Erde." Der Pilot wirkte sehr erstaunt, aber auch erleichtert. Ein bisschen wehmütig wurde er, wenn er daran dachte, dass diese schöne, wunderbare aber auch sehr seltsame Zeit hier in dieser fremden Dimension, bald zu Ende gehen sollte. Wer wusste schon, was sie auf der Erde erwartete. Er machte sich aber keine Sorgen, die Weisen, die sie bis jetzt geführt hatten, würden schon dafür sorgen, dass auch auf der Erde, genau wie hier und jetzt, alles gut sein würde. „Was denkst Du, wird es lange dauern? Und wie wird es ablaufen? Mag es überhaupt noch einen Flughafen auf der Erde geben? Wer lebt wohl überhaupt noch auf der Erde? Und wie lange sind wir wohl schon unterwegs?" Kaum hatte er seine letzte Frage ausgesprochen, da zeigte sein Co-Pilot wieder auf den Höhenmesser. „Wir haben schon wieder etwas an Höhe verloren", nickte er. „Alles wird gut." Die Passagiere an Bord waren noch immer von diesem wunderbaren Licht und Funkeln der Sterne verzaubert. Sie träumten, träumten von einem wunderbaren Leben, einem Leben in Frieden, auf der Erde, als das uns schon bekannte, außergewöhnliche Rauschen aus den Lautsprechern ertönte. Nach einer Weile wechselte das Rauschen in diese wunderbare Musik, die schon alle kannten. Gleich würden die Weisen, die im Himmel lebten, wieder zu ihnen sprechen. Alles war gut. Und so kam es. Diese wunderbare, engelsgleiche Stimme, die schon einige Male zu ihnen gesprochen hatte, ertönte. „Ihr lieben Menschen, es wird nun nicht mehr lange dauern. Mit Euren schönen Träumen und Euren guten Gedanken habt Ihr es geschafft, das gesamte Universum wieder zum Strahlen zu bringen. Die Sterne funkeln um die Wette. Licht und Liebe verbreiten sich endlich aufs Neue im Universum und in unserer Dimension. Es ist Euch durch Eure Träume und Gedanken sogar gelungen, das Licht und die Liebe wieder zurück zur Erde zu senden. Nun ist die Zeit gekommen, in der wir es wagen können, Euch langsam wieder auf die Erde zurück zu führen. Ja, es ist so weit. Es ist an der Zeit, dieses Licht und die Liebe, die Euch umhüllt, auf der Erde weiter zu geben und zu verbreiten. Nur so könnt Ihr dies wunderbare, liebevolle und friedliche neue Zivilisation erschaffen. Bald liegt es allein in Euren Händen, dann können wir nur noch von hier über Euch wachen. Aber Ihr seid bereit! In unserer Dimension gibt es keine Zeit und keinen Raum, aber nach der irdischen Zeitrechnung seid Ihr fast drei Jahre verschwunden. Sehr vieles hat sich während dieser Zeit verändert. Ihr werdet Eure Heimat, Eure Erde, kaum wieder erkennen. Es ist Eure Aufgabe, wieder mit dem Leben auf der Erde zu beginnen, denen, die all die schrecklichen Kriege und Massaker, die tödlichen Krankheiten, überlebt haben, neue Hoffnung und Kraft zu bringen. Ihr werdet erschrecken, wenn Ihr die Erde wieder betretet, das wird noch eine Weile dauern, es ist eine lange Reise zurück. Aber, vergesst nicht, wir sind bei Euch, wir wachen über Euch. Verzweifelt nicht, wenn Ihr das Elend erkennt und wahr nehmt. Nein, nehmt es in die Hand und baut etwas Neues auf. Es wird gelingen. Wir sind bei Euch und werden Euch unsere Engel zu Hilfe senden. Alles wird gut werden." Mit diesen Worten verabschiedete sich die engelsgleiche Stimme und das Rauschen, das sich anfühlte, wie ein Meeresrauschen, erklang wieder aus den Bordlautsprechern. Unsere Freunde, die Passagiere dachten nach, sie konnten es kaum erwarten, ihre Erde wieder zu sehen und zu betreten. Große Sorgen machten sie sich nicht, die Stimme hatte ja gesagt, alles würde gut werden. Sicher würde es ein schwerer Weg werden, den sie gehen mussten. Das war ihnen klar. Aber mit Hilfe der Engel waren sie in der Lage, alles Schreckliche, alle schweren Aufgaben, zu bewältigen. Noch sehr lange Zeit hingen sie ihren Gedanken nach. „Sieh nur", wandte sich der Co-Pilot wieder einmal an den Piloten, „wir haben schon wieder an Höhe verloren. Wir sinken! Alles wird gut!" Nachdem der Pilot seinen Höhenmesser noch einmal genau überprüft hatte, war er auch überzeugt. Sie verloren wirklich an Flughöhe, natürlich schwebten sie noch in einer unglaublichen Höhe, die sie sich in der Realität niemals hätten vorstellen können, aber sie sanken. Das war ein gutes Zeichen. Er ging in die Kabine zu den Passagieren. „Meine lieben

Freunde, seit einiger Zeit bemerken wir, dass wir an Flughöhe verlieren. Es scheint, als träten wir unsere große Rückreise an. Lasst uns dankbar sein. Wir haben noch eine zweite Chance bekommen. Als wird gut werden. Ich kann nicht sagen, wie lange unsere große Reise noch andauern wird, aber wir kehren zurück. Das kann ich mit Sicherheit sagen. Nun ist es an der Zeit für uns, nachzudenken. Darüber, wie unsere Erde wohl aussehen wird, in welchem Zustand wird sie sein, wenn wir sie wieder betreten können? Was denkt Ihr, wird es noch Menschen geben? Und wenn ja, wo leben sie? Und wie leben sie? Ich kann mir kaum vorstellen, dass wir schon fast drei Jahre von unserer Mutter Erde weg sein sollen. Es fühlt sich an, als wären wir erst vor wenigen Augenblicken gestartet. Aber es fühlt sich für mich, und ich denke, für Euch alle, gut an. Alles ist gut." Mit diesen Worten, die er nicht nur sagte, sondern auch fühlte, verließ er die Kabine und ging zurück in sein Cockpit. Und wieder hatten sie etwas an Flughöhe verloren. Keiner von ihnen wusste, wie lange diese große, wunderbare Reise noch dauern würden. Wie lange würden die Weisen sie noch durch diese Dimension, in der es weder Zeit noch Raum gab, führen? Mit diesen Gedanken schloss er einen Moment seine Augen, er dachte daran, ob es seine Familie noch gab. Oder waren seine Lieben auch einem der schrecklichen Kriege zum Opfer gefallen? Das tödliche Virus konnte sie wohl kaum dahin gerafft haben, auf diesem Kontinent lebten sie nicht. Und hoffentlich hatte das Virus sie nicht doch auf irgendeinem ungeahnten Weg erreicht. Man musste abwarten, er öffnete seine Augen und sah wieder in dieses Licht. Dieses Licht, das von Millionen Sternen ausgestrahlt wurde. So wunderbar, er fühlte sich eingehüllt von deren Licht und Liebe. Schon wusste er, dass es seiner Familie gut gehen würde, wenn er von seiner Reise zurück sein würde. Ja, alles war gut. Nachdem nun auch das uns bekannte Rauschen verstummt war, wurden unsere

Freunde, die Fluggäste vom Flug NN1114, wieder von dem großen Licht und der großen Liebe des Universums eingehüllt.

Auf der Erde zur gleichen Zeit

„Irgendetwas ist hier im Gange", der alte Mann, der einmal ein Gotteskrieger gewesen war, staunte noch immer. Er fühlte Frieden und Liebe in seinem alten Herz, ein Gefühl, das er noch nie in seinem Leben gekannt hatte. War das vielleicht das, wofür er immer gekämpft hatte. Diese irrsinnige Idee von einem Gottesstaat? Lange dachte er nach, aber er kam zu keinem Schluss. Er wusste nur eines, nämlich, dass das, was sie hier in ihrem elenden Lager in den Bergen, sahen, nicht von dieser Welt war. Es war etwas Seltsames, etwas Wunderbares, das auf wundersame Weise den Frieden auf die Erde und in die Herzen der Menschen zurück brachte. Alle Menschen, sogar die, die sich so elend gefühlt hatten, die jede Hoffnung verloren hatten, lächelten. Sie strahlten eine Ruhe und eine Zufriedenheit aus, die schon seit langer Zeit niemand mehr auf der Erde erleben hatte dürfen. „Ja, es ist nicht von dieser Welt. Es kommt von unserer großen himmlischen Macht. Von unserem Gott, er hat uns den Frieden geschickt." Das musste er noch den wenigen Menschen, die außer ihm noch überlebt hatten, erklären. Erst dann konnte er sich zufrieden zurück lehnen, das wusste er im gleichen Augenblick. So zog er los. Überall, wo er auf die Menschen traf, erzählte er von dem großen Licht, dem großen Wunder, dem großen Frieden und der Liebe, die auf der Erde wieder ihren Einzug hielten. Alle Menschen konnten nun beginnen, ein Leben in Frieden zu führen. So zog er eine Weile durch die zerstörten Dörfer und Städte und erklärte allen Menschen, die er noch antraf, das große Wunder vom neuen Leben. Er wusste, dass es bald ein ganz neues Leben geben würde. Und das mussten auch alle

Menschen wissen, sie mussten wissen, dass dieses große Wunder von dem hellen Licht kam, das sie plötzlich alle seit einiger Zeit sahen und von dem sie alle eingehüllt wurden. Ein Licht, dass das ganze unendliche Universum erleuchtete. Als er endlich all die Menschen, die noch lebten, gefunden hatte und ihnen sein Wissen erklärt hatte, konnte er nun seine lange, schwere Reise, beenden. Er war erschöpft, seine Reise war nicht leicht gewesen. So viele zerstörte Dörfer hatte er gesehen. In den Städten, die ausgebombt worden waren, lagen Tote auf den Straßen, keiner hatte sie mehr beerdigen können. Über Trümmer hatte er klettern müssen, tote Tiere, die verhungert waren, weil sie kein Futter von ihren Besitzern mehr bekamen, alles hatte er gesehen. So lehnte er sich zurück, sah sich noch einmal dieses wunderbare Licht an. Dann schloss er seine Augen, nur kurz ausruhen, dachte er bei sich. Auch mit seinen geschlossenen Augen sah er das wunderbare Licht des Universums, er hatte seine letzte, große, wunderbare Reise ins Licht angetreten. Seine Seele war auf dem Weg in den Himmel, sein Gott hatte ihm seine Greueltaten, die vielen Morde, in seiner großen Güte verziehen. Er hatte alles wieder gut gemacht, als er sich auf seine schwere Reise gemacht und den Menschen von dem großen Wunder und dem neuen Leben in Frieden, erzählt hatte. So ging seine geplagte Seele zur Ruhe und fand doch noch ihren Frieden.

Unterdessen an Bord vom Flug NN1114

„Ach, bitte, erzähl doch noch eine Geschichte. Das verkürzt uns unsere Reise, wir wissen ja nicht, wie lange es dauern wird, bis wir wieder zuhause sein werden." „Ja, ich denke auch." Elisabeths Mutti freute sich, sie liebte es, wenn all diese lieben Menschen ihr so aufmerksam zu hörten. Sie liebte es, zu erzählen und diesen lieben Menschen etwas für ihr späteres, gemeinsames Leben, das ein besseres Leben werden sollte, etwas mit auf den Weg zu geben. So konnte sie ihr Wissen weiter geben, auf der Erde wäre sie sicher eine gute Lehrerin gewesen. Aber jetzt war sie eine noch bessere Geschichtenerzählerin. „Ich werde Euch von einer Stadt erzählen, die es vor vielen Jahrhunderten gegeben hat. Eine wunderbare Stadt, in der alle Menschen in Frieden lebten. Manch einer von Euch hat sicher schon mal von diesem sagenhaften Reich gehört. Heute nennen wir es alle *Atlantis*." Ja, von Atlantis hatten alle Erwachsenen schon irgendwann mal irgendetwas gehört. Aber hatte es Atlantis wirklich gegeben. Die Wissenschaftler und Forscher, die auf der Erde immer mal nach diesem sagenhaften Reich gesucht hatten, wurden belächelt und als Spinner betrachtet. Es hieß, dieses sagenhafte Reich sei versunken. Aber warum? Oder war das alles doch nur ein Märchen gewesen? Auf jeden Fall wollten alle gerne die Geschichte von dem sagenumwobenen Reich Atlantis hören. So wurde es still und Elisabeths Mutti begann zu erzählen. „Vor vielen Jahrhunderten gab es ein wunderbares Reich, das aus vielen Inseln bestand. Die Bewohner dieses Reichs lebten in Frieden und Harmonie miteinander. Sie sollen alle sehr intelligent gewesen sein, jeder achtete den anderen und niemals gab es Streit oder Zwietracht zwischen ihnen. Es war ein wunderbares Leben in Reichtum und Güte. Alle Atlanter waren sehr reich, keiner von ihnen war von Neid oder ähnlichen negativen Gedanken erfüllt. Sie folgten alle treu ihrem Herrscher und hatten keine Zweifel. Wunderbare, einzigartige Wesen voller Liebe zueinander waren sie. Das Leben der Atlanter war voller Harmonie, wie ein Leben im Paradies. Sie achteten alle Lebewesen, ob Tiere oder Pflanzen, jedes Wesen genoss den Respekt der Atlanter. So gab es in Atlantis eine wunderbare Pflanzenwelt, in der auch alle Tiere ein Zuhause fanden. Ein sagenhaftes Inselreich voller Reichtum war so entstanden. Die Atlanter wohnten in prächtigen Gebäuden, nicht in einfachen Häusern, wie wir sie kennen, nein, diese Gebäude glichen den Schlössern, die wir heute auf der Erde kennen. Im Inselreich Atlantis kannte man keine Krankheiten oder andere Gebrechen, wenn sich tatsächlich mal einer dieser sagenhaften Atlanter bei seiner Arbeit verletzt hatte, ging er zu einem besonderen Genossen, einem Heiler, und binnen von Sekunden war seine Verletzung wieder geheilt. In Atlantis war einfach alles gut. Irgendwann aber begannen die ersten Atlanter, mehr zu wollen. Sie trachteten nach den prächtigen Gebäuden ihrer Nach-barn oder ihrer Freunde. So kam es, dass sie immer den Respekt und die Achtung voreinander verloren. Sie wollten einfach mehr, das Leben, das sie führten, war ihnen nicht mehr genug. Einige von ihnen hatten bereits den Respekt vor dem Leben verloren. Sie hatten damit begonnen, die Tiere zu töten und ihr Fleisch zu essen. Das hatte es unter den Atlantern noch nie gegeben, wenn sie Gemüse oder Obst ernteten, zollten sie den Pflanzen immer Respekt und bedankten sich bei der Pflanze. Nun töteten sie die Tiere, um ihr Fleisch zu essen. Damit begann langsam der Untergang von Atlantis, das Virus der Gier hatte sich in ihnen verwurzelt. Dieses Virus, das sich in einigen Atlantern bereits unumkehrbar festgesetzt hatte, erreichte nach einiger Zeit auch den Herrscher von Atlantis. Er wollte nun auch mehr. Sein Reich soll der Legende nach sehr groß gewesen sein, größer als einige Kontinente unserer heutigen Erde zusammen. Trotzdem wollte er mehr, er wollte sein Reich noch weiter ausdehnen. Ein größeres Reich bedeutete noch mehr Macht, dachte er bei sich. Und er wollte der mächtigste Herrscher der Welt werden. So rief er eines Tages die Atlanter, die bereits dieses Virus, das Gier hieß, in sich trugen, zu sich. Sie sollten eine Armee bilden, damit Atlantis noch größer und mächtiger werden konnte. Länder sollten erobert werden, er war davon überzeugt, das Atlantis das größte Reich der Erde werden musste. Sein Ziel war schnell klar geworden, das nächste Land, das Land, das wir von unserer Zeit auf der Erde noch als Griechenland kennen, wollte er erobern und zu seinem Reich hinzufügen. Atlantis war schon seinerzeit die größte Seemacht, so würde es kein Problem sein, noch ein Land zu erobern und das sagenhafte Reich noch größer und mächtiger werden zu lassen. Dachte er. Von seiner Gier besessen, konnte er kaum noch klar denken. So begann auch er, den Respekt für alles Leben zu verlieren, er ließ Tiere schlachten und aß das Fleisch. So fühlte er sich gleich noch stärker und der Angriff konnte beginnen. In der heutigen Hauptstadt von Griechenland, Athen, hatte man gefühlt, dass Unheil nahte. Die Atlanter verstän-digten sich nämlich nicht über die Sprache, so wie wir Menschen es tun, nein, sie verständigten sich über Tele-pathie, also Gedankenübertragung. Glücklicherweise hatten auch die Athener diese unglückseligen Gedanken empfangen, so waren sie vorbereitet auf den großen Angriff der Atlanter. Es gelang ihnen tatsächlich, die feindseligen Atlanter in die Flucht zu schlagen und die Eroberung zu verhindern. Als Verlierer kehrten der Herrscher und seine Gefolgsleute zurück in ihr sagen-haftes Inselreich, das noch mächtiger hatte werden sollen. Als sei das nicht schon der Strafe genug gewesen, ließen die Gottheiten, die zu dieser Zeit noch über Atlantis und seine Bewohner wachten, eine riesengroße Flut entstehen. Sie wollten dieses Virus, das sich in den Geistern der Atlanter eingenistet hatte, vernichten. Und das konnte nur durch eine riesige Flut, die das ganze sagenhafte Inselreich verschlang, geschehen. Nur so konnte die Welt wieder rein und das Virus erfolgreich vernichtet werden. Dieses große Unglück, diese riesengroße Flut, ließ das sagenhafte Inselreich innerhalb weniger Stunden verschwinden. Mit Atlantis war auch die Gier noch Macht und Besitz von der Erde verbannt worden. So erzählt es die Sage."

„Oh, wie traurig, wie schade", rief einer der Passgiere. „Ja, natürlich. Es ist eine sehr traurige Geschichte, das ist wohl wahr", gab Elisabeths Mutti zu bedenken. „Aber wir können auch sehr viel aus dieser Geschichte lernen. Lasst uns kurz nachdenken. Das tragische Ende dieses sagenhaften Inselreichs musste nur kommen, weil die Atlanter zu gierig geworden waren. Sie wollten mehr und mehr, dabei hatten sie jeden Respekt vor dem Leben verloren, in dem sie begonnen hatten, die Tiere zu töten. Sie waren gierig geworden, von dem Virus der Gier infiziert. Ihr wisst, wie es ist, wenn wir auf unserer Erde einmal eine Virus-Infektion bekommen haben. Man muss eine Medizin dagegen nehmen, damit es sich nicht im Körper ausbreitet und wir womöglich noch unsere Mitmenschen mit dem Virus infizieren. So ein Virus muss vernichtet werden, damit es nicht in der Lage ist, sich auszubreiten. Die Atlanter hatten nicht erkannt, dass sie einem schrecklichen Virus namens Gier zum Opfer gefallen waren und die Weisen Gottheiten, die seinerzeit über Atlantis wachten, waren gezwungen, dieses Virus restlos auszulöschen. Das konnte nur mit dieser sagenhaften Flut geschehen, die das Inselreich innerhalb kürzester Zeit versinken ließ. Es ist wichtig, mit dem, was wir haben, zufrieden zu sein. Es dankbar anzunehmen. Reichtum zeigt sich nicht in prächtigen Gebäuden, in großen mächtigen Reichen, in Gold, Schmuck und allerlei anderem. Es ist egal, ob wir ein großes, teures oder ein kleines Auto fahren. Es wird uns immer ans Ziel bringen. Reichtum befindet sich in unseren Herzen, nicht in unserer Schatzkammer. Das sollten wir immer beherzigen, nicht nur hier und jetzt, nein, auch später, wenn wir wieder auf unserer Erde leben können." „Ja, das stimmt. Du hast Recht. Aber was ist nun mit Atlantis geworden? Wurde es jemals wieder entdeckt", wollte einer der Fluggäste wissen. „Nein, bis zu dem Zeitpunkt, als wir die Erde verließen, um diese wunderbare Reise anzutreten, hat kein sterblicher Mensch jemals einen wirklichen Hinweis darauf entdecken können, dass es Atlantis tatsächlich einmal gegeben hatte. Große Dichter und Erzähler der früheren Zeit auf der Erde haben Atlantis in den wunderschönsten Tönen besungen. Früher nannte man das

Erzählen einer Geschichte das Besingen. Unter ihnen war auch Platon, einer der größten Dichter der Menschheit. Er konnte über das sagenhafte Atlantis so schön erzählen, dass die Menschen, die ihm zuhörten, glaubten, er habe das alles selbst erlebt. Für uns ist nun wichtig, immer daran zu denken, dass wir alles, was wir zum Leben benötigen, bereits zur Verfügung haben. Wir müssen nicht danach streben, unseren Reichtum und unsere Macht zu vergrößern. Das ist ein völlig nutzloses Bestreben, das unsere Geister und Herzen infiziert und vergiftet. Alles ist gut so, wie es ist."

Das war ja eine spannende, wenn auch sehr tragische Geschichte gewesen, dachte der Pilot so bei sich. Er überlegte, als er noch auf der Erde gelebt hatte, hatte er mit seiner Familie in einem großen, wunderschönen Haus gewohnt. Das Haus war sehr teuer gewesen und der Unterhalt eines so großen Hauses kostete sehr viel Geld. Wie lange halte ich mich eigentlich in dem Haus auf, überlegte er. Wie oft bin ich auf der Welt unterwegs gewesen, ohne etwas von dieser wunderbaren Welt zu sehen? Es war ihm nur darum gegangen, viel Geld zu verdienen, damit er sich noch ein großes, schickes Auto kaufen konnte. Nun aber zweifelte er daran, niemals war er länger als ein oder zwei Tage in seinem schicken Haus gewesen und während dieser wenigen Tage hatte er sich dort nicht zuhause gefühlt, nein, es hatte sich immer angefühlt, als sei er zu Gast. Das war nicht gut. Hier, in dieser fremden Dimension, in der sie schwebten, hier fühlte er sich zuhause und geborgen. Das fühlte sich sehr seltsam, aber auch sehr, sehr gut an. Alles war gut. Wenn er wieder zurück war von seiner wunderbaren Reise, würde er mit seiner Familie sprechen. Sie brauchten kein riesiges, schickes Haus, das kein Zuhause war, das groß genug war, um mindestens zehn Menschen dort zu beherbergen. Er hatte doch nur zwei Kinder, so lebten sie zu viert in einem großen Haus und wussten eigentlich gar nicht, wie und womit sie die vielen großen Räume füllen sollten. Nein, das musste anders werden, dachte er. Vielleicht konnte man, sollte es das Haus noch geben, einige Leute aufnehmen, oder eine Schule eröffnen, eine Schule für Kinder und Erwachsene, um über das neue Leben, dass sie beginnen wollten, zu sprechen. So konnte es auf jeden Fall nicht weiter gehen. Und mehr Zeit wollte er mit seiner kleinen Familie verbringen, nicht mehr so viel um die Welt fliegen, um viel Geld zu verdienen, für Dinge, die er niemals genießen konnte, weil er schon wieder in der Luft unterwegs war.

Während er so darüber nachdachte, wie sein Leben aussehen würde, wenn er von seiner großen wunderbaren Reise zurück sein würde, hatte sein Co-Pilot einen Blick auf den Höhenmesser geworfen. Er wusste, wenn sein Pilot so schweigsam war und so nachdenklich drein sah, durfte man ihn nicht in seinen Gedanken stören. Aber was er sah, ließ ihm keine Ruhe, er musste ihn jetzt aus seinen Gedanken reißen. „Schau, wir haben schon wieder an Höhe verloren. Und es ist so wunderbar hell, nicht nur hier in der Maschine, nein, auch wenn ich nach draußen schaue, scheint es mir, als würde das Universum um uns herum nur so funkeln und strahlen. Ich weiß nicht, was das ist, aber es ist wunderschön." Noch mit seinen Gedanken an die Zukunft beschäftigt, sah der Pilot auf den Höhenmesser, sie bewegten sich zwar immer noch in einer unglaublichen Höhe, von der sie bisher immer gedacht hatten, dass Menschen sich niemals dort aufhalten könnten. Während sie damals den normalen Flugverkehr geflogen hatten, fanden sie diese Markierungen an den Höhenmessern unglaublich lustig. Niemals würde man so hoch fliegen können, warum produzierten die Techniker solche Geräte, die mit, für sie nutzlos scheinenden Werten, ausgestattet waren? Das war doch widersinnig. Heute und jetzt waren sie dankbar, dankbar dafür, dass die Höhenmesser mit solchen Möglichkeiten ausgestattet waren. „Ja, Du hast Recht. Unser Flug ist wieder etwas gesunken. Wir sind ziemlich sicher auf der Rückreise. Unsere wunderbare Zeit hier wird mir fehlen. Es ist, als seien wir zu einer großen Familie geworden. Und irgendwann werden wir uns wieder trennen." Wehmütig blickte er seinen Co-Piloten an. „Nein, ich glaube nicht, dass wir uns auf der Erde trennen werden, wir werden immer miteinander verbunden sein, verbunden durch das, was wir gemeinsam erleben und erlebt haben. Alles wird gut sein. Wir werden auch auf der Erde eine große, wunderbare, liebevolle Familie sein. Und ich denke, daraus wird eine neue Menschheit entstehen." „Ja, Du wirst Recht haben, wie schön wird es sein, wenn es so kommt. Aber schau, wir haben schon wieder etwas an Flughöhe verloren." Er wies auf den Höhenmesser, der eine geringere, aber noch immer unvorstellbar große Flughöhe anzeigte. „Ja, Du hast Recht, wir sinken langsam, sehr langsam, aber auch sehr gleichmäßig. Das ist gut, ich denke, die Weisen führen uns sorgfältig und sehr sorgsam zurück auf unsere Erde, alles wird gut werden."

Im Universum

Alle Sterne des Universums funkelten in einem Licht, es schien, als wollte einer heller leuchten als der andere. Ein wunderbarer Anblick, die Weisen waren sehr erleichtert. Das magische helle Licht würde unseren besonderen Flug NN1114 gemeinsam mit der großen Kraft der Weisen sicher nach Hause führen. Sie hatten das Leben auf der Erde immer aufmerksam beobachtet, sie hatten den alten Mann, den geläuterten Gotteskrieger gesehen, der ausgezogen war, um der Welt von der neuen Hoffnung zu berichten. Nun mussten sie weiter darauf achten, dass der Flug NN1114 mit seinen lieben Insassen sicher auf die Erde zurück kehren konnte. Lange berieten sie, dann beschlossen sie, noch einen Engel auszusenden, der den Flug begleiten sollte. Auch auf der Erde sollte er die lieben

Menschen noch lange begleiten und ihnen seine wunderbaren Kräfte und liebevollen Gedanken zur Verfügung stellen. Das würde den lieben Menschen beim Aufbau der neuen Zivilisation helfen. Da waren sie sicher.

Uriel

„Schau, wir haben wieder etwas an Flughöhe verloren. Wir sinken, langsam aber gleichmäßig. Das ist gut so", wies der Co-Pilot auf den Höhenmesser. „Ja, stimmt. Du hast Recht. Wir sind wirklich wieder auf dem Heimweg. Das ist schön, ich denke, es ist an der Zeit, auch unsere Passagiere darüber zu informieren, dass wir auf der Rückreise sind." Beide gingen in die Kabine, der Pilot begann: „Meine lieben Freunde, (das erste Mal nannte er seine Passagiere Freunde, er begann seine Rede nicht mehr mit *meine Damen und Herren*). Bitte hört mir gut zu, seit einiger Zeit verlieren wir langsam, aber sehr gleichmäßig an Flughöhe. Wir befinden uns zwar immer noch in einer unglaublichen Höhe, einer Höhe, die den Menschen kaum vorstellbar ist. Jetzt sieht es aber so aus, als seien wir auf der Heimreise. Freut Euch. Bedenkt aber auch bitte, dass wir auf der Erde eine große Aufgabe bekommen werden. Es liegt an uns, eine neue, friedliche, liebevolle Menschheit zu begründen. Alles wird gut werden, wir müssen allerdings auch sehr viel Mut beweisen. Sicher werden wir unsere Erde, unsere Heimat, nicht mehr so vorfinden, wie wir sie verlassen haben. Davon bin ich überzeugt, zu viele Kriege haben getobt und auch das tödliche Virus hat um sich gegriffen. Wir werden sehen müssen, was uns erwartet. Wir werden stark und mutig sein." Ein großer Applaus, wie er sonst ertönt, wenn ein Flugzeug glücklich gelandet ist, erklang. Die lieben Menschen an Bord vom Flug NN1114 waren glücklich, sie freuten sich auf die Heimkehr. Alles würde gut werden, davon waren sie überzeugt. Und dann erst dieses helle, warme, alles einhüllende Licht, von dem sie umgeben waren. Es strahlte so hell, es ließ das ganze Universum in einem Glanz erstrahlen, den sie noch nie erlebt hatten. Ja, alles war gut. Ihre Aufgaben auf der Erde würden sie auch meistern, das machte ihnen keine Angst. Unsere lieben Menschen hingen noch ihren Gedanken nach, da bemerkten sie etwas. Die Maschine wurde ein wenig angehoben, so fühlte sich das an. Im Cockpit bemerkte der Pilot das auch, „nanu, was war das? Hast Du das auch gemerkt?" Überrascht sah er seinen Co-Piloten an. Der Höhenmesser zeigte keine Veränderung. Da ertönte aus den Lautsprechern an Bord wieder das bekannte Rauschen. Die Menschen waren sehr entspannt, sie hingen immer noch ihren Gedanken nach. Im gleichen Augenblick ertönte die engelsgleiche Musik aus den Lautsprechern, die sie ja schon kannten und die wirklich nicht von dieser Welt sein konnte. Dann wurde es still, in der Kabine breitete sich eine unglaubliche, angenehme Wärme aus. Alle Menschen waren ruhig und zufrieden, bisher war alles gut gewesen und das würde es jetzt auch sein. Sie machten sich keine Sorgen, es war nur ein wenig merkwürdig, dass keine Stimme aus den Lautsprechern ertönte, so wie es sonst immer gewesen war. „Habt keine Angst, Ihr lieben Menschen", ertönte es plötzlich an Bord. Die Passagier, der Pilot und auch sein Co-Pilot sahen sich überrascht um. Woher kam denn diese Stimme? Diese Stimme, die einen so wunderbaren Klang hatte, die auf eine unbeschreibliche Art und Weise, alle Menschen umfing und in eine große, schöne Geborgenheit einhüllte. „Ich wurde Euch von den Weisen im Himmel geschickt. Mein Name ist Uriel. Ich wurde geschickt, um Euch sicher zur Erde zu bringen. Ihr habt mit Euren schönen Träumen das gesamte Universum zum Leuchten gebracht, zum Dank sandten mich die Weisen aus, Euch zu geleiten. Euer Flugzeug ruht sanft in meinen Armen, macht Euch keine Sorgen. Ich bringe Euch zurück und auch auf der Erde werde ich bei Euch sein. Für die unter Euch, die glauben, bin ich da. Und für die unter Euch, die nicht mehr an Engel oder himmlische Mächte glauben, das werden die Menschen sein, die auf der Erde leben und so viel Schreckliches erleben mussten, werde ich da sein. Ich wurde gesandt, um alle Menschen auf der Erde zu Hilfe zu eilen. Auch den Engeln, die bereits zur Erde gesandt wurden, um den Menschen mit ihren hilfreichen Gedanken Unterstützung zu bieten, werde ich zu Hilfe eilen. Ich werde Euch bei Eurer großen Aufgabe zur Seite stehen. Gemeinsam werden wir es schaffen!" Schon schwieg die einzigartige Stimme und unser Flug NN1114 wurde sanft von Uriel durch das Universum getragen. Alle Passagiere sahen sich überrascht an. Das war ja nun mal eine Neuigkeit. Sie wurden von einem Engel getragen? Ein Engel, der ein ganzes Flugzeug tragen konnte? Aber, warum nicht? Wenn die Weisen im Himmel sie so lange, nach dem Kalender von Elisabeths Mutti waren sie nun schon über drei Jahre unterwegs, durch die fremde Dimension hatten schweben lassen, war es auch nicht unmöglich, dass sie ihnen nun einen Engel, den Engel Uriel gesandt hatten. Aber, wer war nun der Engel? Bei dieser Frage wusste natürlich wieder unsere Geschichtenerzählerin, Elisabeths Mutti, Rat. Sie hatte, als sie noch auf der Erde lebte und auf ein Kind wartete, sehr viel über Engel gelesen. Sie hatte zu Gott gebetet und ihm immer wieder den Wunsch nach einem Kind vorgetragen. Eines Tages hatten die Weisen im Himmel ihr diesen Wunsch erfüllt und ihr die kleine Elisabeth, die ja zuvor ein Engelchen gewesen war, geschenkt. Dieses Kind war wirklich ein Gottesgeschenk. Ihre Gebete waren erhört worden. Nun erzählte sie den anderen Passagieren, was sie seinerzeit auf der Erde über den Engel Uriel gelesen hatte. *„Der Name des Erzengels Uriel bedeutet, „Feuer Gottes" oder „Gott ist mein Licht" und kommt aus dem Hebräischen. Er ist der Engel der Prophezeiung und Offenbarung. Der Erzengel Uriel ist dem Element Erde zugeordnet und gilt als der Engel, der den Menschen göttliche Geheimnisse offenbart. Durch diese Offenbarungen schenkt er* uns oft Licht in dunklen Momenten. *Besonders wenn wir lange in derselben Entwicklungsstufe gestanden haben, kann Erzengel Uriel der zündende Funke sein, der uns in den* **Fortschritt** *schickt. Selbst wenn wir durch lang-jährigen Müßiggang das Licht Gottes tief in uns vergraben haben, können wir es bei der Arbeit mit* **Uriel** *schnell stärken. Der Drang zur Schöpfung, er schlummert in uns allen. Es fehlt uns nur oft an Mut oder Tatkraft diesen Drang auszuleben.*

Der Erzengel Uriel gilt als Regent der Sternenwelt, als Wächter über die Gesetze aller Welten. In dieser Funktion ist Uriel der Erzengel, der am stärksten mit der Erde verbunden ist. Er spendet für alle Lebensformen **Kraft** *und stärkt somit nicht nur uns Menschen. Aber eines schenkt er uns Menschen, durch unsere Fähigkeit Gefühle bewusst zu erleben, ganz exklusiv, nämlich die* **Lebensfreude***. Durch seine Energie gestärkt, können wir die Geschenke der Natur besser wahrnehmen und diese zu unserer Freude beitragen lassen.*

Sein Zeichen ist der zuckende Blitz. Erzengel Uriel kann blitzartig Inspirationen und **Erkenntnisse vermitteln***. Er lässt uns aber damit nicht alleine, sondern begleitet uns bei der Umsetzung und Integration von Geistesblitzen.*

Zusammenfassend kann man sagen, dass die Arbeit mit der Energie „Erzengel Uriel" für alle interessant ist, die auf der Suche nach ihrem inneren Licht sind. Uriel vermittelt **Schöpferkraft und Tatkraft***, Struktur und Entschlusskraft, Manifestation, Umsetzung. Das bedeutet auch göttliche Schwingung in die Materie bringen. Seine Energie ist kraftvoll, stärkend, stabilisierend, Struktur gebend, ordnend, energetisierend und dennoch ruhig. Sie hilft in Schwung zu kommen und seine Kraft auf das gefasste* **Ziel** *zu richten."* Elisabeths Mutti, unsere Geschichtenerzählerin, war sehr froh und erleichtert, dass Uriel ihnen zur Unterstützung gesandt wurde. Er würde sie sicher heim bringen und auch auf der Erde bei ihren großen Aufgaben unterstützen.

Im Cockpit vom Flug NN1114

„Merkst Du was? Wir sind wieder gesunken, wir haben wieder
an Flughöhe verloren. Es ist gut, dass uns unser Uriel nach
Hause bringt. Er wird den Weg kennen und das gesamte
Universum strahlt so schön und hell. Nun wissen wir, alles wird
gut." Der Pilot war auf eine wundersame Weise glücklich. Ja,
viele Gedanken hatten sie sich gemacht, viele lehrreiche
Erzählungen über das Leben auf der Erde, wie es gewesen war
und wie es später sein sollte. So viel hatten sie gehört, so viel
hatten sie nachgedacht, sie waren nun auf dem richtigen Weg.
Auf dem Weg in ein völlig neues Leben, ein Leben voller
Frieden, Ruhe, Glück und Zufriedenheit. Uriel würde für sie
sorgen. Ein Engel wachte über sie. Sein Co-Pilot nickte
zustimmend. Alles würde nun noch besser werden. Einige Zeit
war vergangen, nach der irdischen Zeitrechnung ein Tag, im
Universum, in der Dimension, in der sich unser Flug NN1114
bewegte, war es ein kleiner Augenblick gewesen, in dem sie
schon wieder an Flughöhe verloren hatten. Uriel hatte es in der
Hand, er sorgte dafür, dass es eine glückliche Heimkehr geben
würde.

Die Heimkehr

Nach der irdischen Zeitrechnung waren vierzig Tage vergangen,
seitdem das wunderbare Licht zum ersten Mal gesehen worden
war. Der Himmel und die Erde wurden immer noch von
diesem hellen, funkelnden, strahlenden Licht erleuchtet. Dieses
Licht, dass wieder etwas Wärme und Hoffnung in die Herzen
der wenigen, noch auf der Erde lebenden Menschen, gebracht
hatte. Uriel hatte den Flug NN1114 sicher durch die fremde
Dimension getragen und auch sicher durch das Universum
geführt. Nun würde es bald so weit sein, die Heimkehr stand

bevor. „Sieh nur, wir haben sehr viel Flughöhe verloren, wir bewegen uns wieder in einer Höhe, in der normale Flugzeuge sich bewegen. Sieh Dir das an", der Co-Pilot schaute bewegt auf den Höhenmesser. Ja, er zeigte eine „normale" Flughöhe an, sehr hoch zwar, so wie sie von Flugzeugen genutzt wird, die die höchsten Routen fliegen, aber „normal". „Ja, jetzt wird es bald so weit sein. Bald sind wir wieder zuhause." Beide Männer sahen sehr zufrieden aus. Nach dem Flug, den sie nie in ihrem Leben vergessen würden, auf dem sich so viele wunderbare Dinge ereignet hatten, würden sie bald sicher auf der Erde zurück sein.

Auf der Erde sahen die Menschen immer noch dieses helle, einzigartige Licht am Himmel. Es hatte ihnen wieder Hoffnung gegeben, Hoffnung darauf, dass alles besser werden würde. Und der weise, alte Mann, der einmal ein Gotteskrieger gewesen war, hatte ihnen davon erzählt. So saßen zwei Männer in den Bergen und unterhielten sich. Sie sprachen darüber, wie es wohl weiter gehen würde, was die Zukunft wohl für sie noch bereit hielte. Sie hatten tatsächlich wieder ein wenig Hoffnung geschöpft und glaubten daran, dass alles besser werden würde, auch wenn ihre Erde noch sehr traurig war. „Was denkst Du, sollen wir heute noch einmal ins Dorf hinunter gehen und schauen, ob wir noch etwas Essbares finden? Vielleicht sind die Apfelsinen schon reif, dann haben wir wenigstens etwas zum Abendessen?" Der andere nickte zustimmend und sie zogen los, den langen steinigen, mühseligen Weg durch die Berge, nur für ein paar Apfelsinen, ein bisschen Hoffnung auf Essen. „Oh, Gott, was war das? Hast Du das gesehen? Oh, schau, da ist es!" Der ältere der Beiden sah auf, er fragte sich, was sein Kamerad gesehen hatte. Im selben Augenblick sah er es auch. An dem schon unnatürlich hellen Himmel war so etwas wie ein Blitz zu sehen. Es konnte sich aber um keinen Blitz handeln, denn ein Blitz verschwand in Sekunden-Schnelle. Was sie da sahen, blieb aber. Es schien, als stünde ein Blitz am Himmel und wollte dort stehen bleiben. „Was mag das nur sein? Ein Blitz kann es nicht sein. Ich habe früher mal etwas von Kometen gelesen, die aus dem Weltall kommen und auf der Erde einschlagen. Denkst Du, es könnte ein Komet sein?" „Nein, das glaube ich nicht. Dieser merkwürdige Blitz bleibt stehen, siehst Du. Er bewegt sich nicht. Ich glaube, das ist etwas, was es noch niemals auf dieser Welt gegeben hat. Vielleicht hat es etwas mit dem Wunder dieses schönen Lichts zu tun? Komm, lass uns noch ein wenig weiter hinunter gehen und schauen." Was aber ging da vor sich? Die beiden Männer hatten keine Erklärung für das, was sie da sahen. Ratlos gingen sie weiter durch die Berge hinab in Richtung Dorf, sie hatten Hunger und wollten nun doch lieber schauen, ob sie noch etwas Essbares finden konnten. Sie wussten nicht, dass sie in wenigen Augenblicken auf das größte Wunder der Menschheit und die größte Hoffnung der Menschheit treffen würden.

Uriel kannte seine Aufgabe, die er von den Weisen im Himmel bekommen hatte. Er führte sie sehr sorgfältig aus. So hatte er aus dem Universum einen seiner Blitze gesandt, dieser Blitz aber war ein besonderer Blitz. Er blieb so lange, wie er gebraucht wurde. Der Blitz sollte als Wegweiser für die letzte Etappe des Heimflugs dienen. Das Ende des Blitzes zeigte genau auf den Flughafen, von dem Flug NN1114 einst vor langer Zeit mit so vielen ahnungslosen Menschen an Bord gestartet war. Der Flughafen war während des großen Kriegs im Morgenland vollkommen zerstört worden, das hatte er schon sehr früh gesehen. Daher hatte er sich für den Wegweiser-Blitz entschieden, den hatte er eingesetzt, damit sie auch die letzte Etappe ihrer wunderbaren Reise sicher überstehen konnten. Unterdessen waren die beiden Männer unten im Dorf angekommen, „schau nur, dieser merkwürdige Blitz steht noch immer am Himmel, das ist doch sehr merkwürdig. Es sieht nicht mehr weit aus, lass uns hin gehen und nachschauen, was das sein mag", einer der Männer war nun doch sehr neugierig geworden. Hier ging etwas vor sich, das noch nie dagewesen war. Etwas, das nicht von dieser Welt war, da war er sich sicher. Mutig schritten die beiden voran. Kaum waren sie am Ende des Blitzes angelangt, hörten sie auch schon ein Geräusch. Ein Geräusch, das von einem Flugzeug zu kommen schien. Aber hier war schon seit langer Zeit kein Flugzeug mehr gelandet, warum denn auch? Es gab in diesem Ort, der einst vor dem schrecklichen Krieg, eine prächtige Stadt gewesen war, nichts mehr. Nicht mal die Landebahn war noch zu sehen, sie war mit den Trümmern des Flughafengebäudes übersät. Bei einem schrecklichen Angriff war hier alles zerstört worden. Sie hatten gerade noch die Kraft gehabt, die Toten zu begraben. Und nun schien es so, als wollte hier tatsächlich ein Flugzeug landen. Kaum hatten sie ihre Zweifel ausgesprochen, da sahen sie es auch schon. Ein Flugzeug kam heran, es sah so aus, als würde es gleich landen. Aber das war hier doch nicht mehr möglich. Sie winkten verzweifelt, um dem Piloten Hinweise zu geben, dass sein Manöver sehr gefährlich sein würde. Als das Flugzeug noch näher kam, sahen sie mit Schrecken, dass niemand im Cockpit saß. Das gab es doch nicht, wer flog denn nur dieses merkwürdige Flugzeug und woher kam es nur? Das Flugzeug schien wie von Geisterhand gesteuert. Tatsächlich setzte es sehr sanft am Ende des merkwürdigen Blitzes auf und der Trümmerhaufen, der einst ein prächtiges Flughafengebäude mit vielen Landebahnen gewesen war, stand plötzlich wieder in seiner vollen Pracht da. Auf der Landebahn lagen keine Trümmer mehr. „Ein Wunder", riefen die Männer und fielen auf die Knie. Sie hatten leibhaftig ein Wunder erlebt. Dann fielen sie in Ohnmacht. Diese Zeit, in der die Männer nichts wahrnehmen konnte, nutzte Uriel schnell, um sich unsichtbar zu machen. Sterbliche Menschen dürfen die Engel nicht sehen, sie müssen an sie glauben. „Wir sind zuhause!" Hunderte Menschen an Bord jubelten. „Wir sind zuhause! Wir sind zuhause!" Uriel hatte für eine glückliche, sichere Heimkehr

Sorge getragen. Sie waren tatsächlich wieder auf der Erde. Der Pilot öffnete als erster die Tür des Flugzeugs, um vorsichtig heraus zu gucken. Er konnte kaum glauben, dass sie sich wieder auf der Erde befanden. Ein Wunder. Uriel hatte die zwei Männer wieder aus ihrer Ohnmacht erwachen lassen, so dass sie sich verwundert die Augen rieben. Sie sahen sich um, nun konnten sie nicht glauben, was sie da sahen. Ein Flugzeug stand vor ihnen, auf einer Landebahn, die nicht mehr da gewesen war, beim Umdrehen sahen sie ein Flughafengebäude, dass es nicht mehr gegeben hatte. Und der merkwürdige, stehende Blitz, den sie gesehen hatten, wo war er? Bestimmt hatten der Hunger, der Durst und die Hitze ihnen einen Streich gespielt und sie hatten schon Halluzinationen. Der Pilot verließ das Flugzeug, nach ihm alle Passagiere. Flug NN1114 war nach einer langen, wunderbaren, einzigartigen Reise wieder auf der Erde. Alle jubelten, es war so wunderbar, wieder zuhause zu sein. Einer der beiden Männer fasste sich als erster wieder, er begriff, dass er hier Menschen vor sich hatte. „Wer seid Ihr? Woher kommt Ihr nur? Und wie kommt Ihr hier her?" So viele Fragen. Dann sah er sich etwas genauer um. Was er dann entdeckte, konnte er nicht fassen. Am Flugzeug war deutlich die Flugnummer zu sehen. Flug NN1114, nein, das gab es nicht. Er wusste, dass dieser Flug schon vor vielen Jahren auf rätselhafte Weise verschwunden war. Es war gewesen, als hätte das Universum das Flugzeug verschluckt. Lange Zeit war nach dem Flug gesucht worden, bis die Suche irgendwann als erfolglos eingestellt worden war. Aber das war schon weit über drei Jahre her, es konnte doch nicht sein, dass gerade dieser Flug hier landete, als sei er ganz normal und regulär im Flugplan unterwegs. Viel hatten sie sich zu erzählen. Das war alles zu unglaublich. Uriel war unterdessen nicht untätig gewesen, er hatte die Familien und Freunde der Fluggäste zusammen geholt, damit sie sich wieder sehen konnten. So viel Freude, das hatte unsere Erde lange nicht mehr fühlen können.

So eine große Wiedersehensfreude. Keiner konnte glauben, dass er seine Lieben wieder in den Armen halten durfte. Das war unfassbar, aber es war Wirklichkeit, es war Realität. Nach so langer Zeit. Uriel ließ die lieben Menschen eine Weile erzählen, erzählen von der einzigartigen, wunderbaren Reise, dann sprach er. „Ihr lieben Menschen, es ist an der Zeit. Die Zeit für die große Aufgabe, die Euch aufgetragen wurde, ist gekommen. Wir müssen beginnen. Lasst uns zuerst hier im Morgenland mit der Arbeit anfangen. Es ist wichtig, dass wir alle Menschen, die ihr Leben lassen mussten, segnen und begraben. Lasst uns für sie beten, ihre Seelen werden dann heimgeholt und dürfen bei den himmlischen Vätern ruhen."

„Was war das?" Die Menschen, die zum Flughafen gekommen waren, sahen sich verwirrt an. Wer hatte da zu ihnen gesprochen? Elisabeths Mutti, die Geschichtenerzählerin, erklärte, was es mit der Stimme auf sich hatte. „Ihr habt gerade Uriel gehört, Uriel hat zu Euch gesprochen. Er ist ein Engel, er hat uns sicher wieder nach Hause geführt. Nun ist er bei uns, uns bei unserer großen Aufgabe, die wir von den Weisen im Himmel bekommen haben, zu unterstützen. Er wird uns begleiten, uns Kraft geben und über uns wachen. Die Weisen im Himmel haben uns für eine Weile zu sich geholt, damit wir geschützt bleiben, geschützt vor den grausamen Kriegen, die hier auf der Erde getobt haben. Ein tödliches Virus hat auf einem Kontinent fast alle Menschen auf schreckliche Art an sich gerafft. Viele Menschen gibt es nicht mehr auf unserer Erde, das habt Ihr schon gemerkt. Nun ist es an uns, während unserer Reise haben die Weisen im Himmel uns mit dem nötigen Wissen versorgt, so dass wir nun bereit sind für unsere große Aufgabe. Auch wenn Ihr Uriel nicht sehen könnt, er ist hier. Schaut einmal in Eure Herzen, da fühlt Ihr alle ihn. Wir sind alle mit der großen Aufgabe betraut worden, eine neue Menschheit, eine neue Zivilisation aufzubauen. Eine Menschheit, die in Frieden, Licht und Liebe leben wird. Heute ist der Beginn einer neuen Zeitrechnung. Der Beginn einer neuen, friedfertigen Menschheit. Uriel ist bei uns." Die Menschen hatten alle sehr aufmerksam zugehört, einige waren sehr ruhig geworden, sie fühlten schon Uriel in ihren Herzen. So zogen sie gemeinsam los und hoben die Gräber für die vielen Toten aus, damit ein neues Leben auf der Erde beginnen konnte. Es war für alle eine sehr mühselige, sehr traurige Arbeit, die toten Körper aus den Trümmern zu bergen. So schrecklich, Tränen standen ihnen in den Augen, während sie in den zerbombten, eingestürzten Häusern gruben. Aber es musste sein, das war ein Teil ihrer großen Aufgabe. Lange hatten sie zu tun, immer wieder legten sie kleine Pausen ein, um das Schreckliche, was sie gesehen hatten, zu verarbeiten. Sie beteten für die Seelen, so wie die Weisen im Himmel es ihnen aufgetragen hatten. Die Seelen mussten zur Ruhe kommen können. Das waren sie ihnen schuldig. Nach langen Tagen hatten sie es geschafft, zumindest im Morgenland die vielen Gräber auszuheben und die Toten in Würde zu beerdigen. Der Engel Uriel war während der ganzen Zeit an ihrer Seite gewesen und hatte ihnen die nötige Kraft in ihre Herzen gegeben. Diese Aufgabe wäre ohne die Unterstützung ihres Engels nicht möglich gewesen, daran wären sie zerbrochen. Eine kleine Gruppe zog nun weiter, die Opfer, die der Krieg auf dem westlichen Kontinent gefordert hatte, zu begraben. Die anderen, die noch im Abendland blieben, um es wieder aufzubauen, machten eine kleine Pause. Sie mussten ein wenig ruhen, bevor sie zu den Überlebenden des Krieges gingen. Einige waren eingeschlafen, als plötzlich der Himmel in einem hellen, unwirklichen Licht erstrahlte. „Was ist denn das, Mami", wollte unsere Elisabeth wissen. „Oh, es ist wunderbar, sieh Dich nur um. Aber ich weiß nicht, was das ist." Im selben Augenblick fühlten sie Uriels wunderbare Kraft in sich. Sie sahen sich um und sie sahen ein Wunder. Auf all den vielen Gräbern, die sie ausgehoben hatten, blühten Blumen in den schönsten Farben und in voller Pracht. „Schau, Mami! Diese vielen Blumen, sie sehen so schön aus", unsere kleine Elisabeth war entzückt. So viele wunderschöne Blumen hatte sie noch nie gesehen. Von den Blumen ging eine wunderbare Kraft aus, augenblicklich fühlten sich alle gestärkt. Ihre Herzen waren wieder voller Hoffnung. So machten sie sich voller Mut auf den nächsten schweren Weg, den sie gehen mussten. Einige trennten sich von der Gruppe, Uriel trug sie auf den weit vom Morgenland entfernten Kontinenten, auf dem das tödliche Virus am meisten gewütet hatte. Hier gab es so viele Menschen, die der Seuche zum Opfer gefallen waren. Auch hier mussten unzählige Gräber ausgehoben werden. Jetzt aber gingen sie mit einem etwas leichteren Herzen an ihre so traurige Arbeit. Sie hatten einmal ein Wunder auf den Gräbern erlebt, vielleicht durften sie später noch einmal so ein Wunder erleben? Wo Leben endete, war auf wundersame Weise neues, anderes Leben entstanden.

Die Überlebenden

Im Morgenland machte sich nun ein Teil der Gruppe, unter ihnen auch die kleine Elisabeth mit ihrer Mami, auf den Weg, nach den Überlebenden zu suchen. „Mami, was denkst Du, wie lange müssen wir gehen? Meine Füße tun schon so weh." „Sei tapfer, mein kleiner Schatz. Wir werden sehen." Weiter ging der anstrengende Weg durch zerstörte Dörfer und Städte. Es war ein sehr mühseliger Weg, den sie gehen mussten, Straßen gab es nicht mehr, nur Trümmerfelder existierten noch. Aber tapfer gingen sie weiter, in den Dörfern angekommen riefen sie jedes Mal: „Hallo, ist hier jemand? Wir sind gekommen, Euch zu helfen. Die Weisen im Himmel haben uns geschickt." Meist kam keine Antwort mehr, zu lange Zeit hatte es kein sauberes Wasser und keine Nahrung mehr gegeben. Als sie wieder einmal in einem Dorf angekommen waren und laut riefen: „Hallo, ist hier jemand", erhielten sie tatsächlich eine Antwort. Eine junge Frau mit einem Baby auf dem Arm und einem kleinen Mädchen an der Hand schaute ungläubig. Hier kamen Menschen! Menschen, die gekommen waren, um ihr zu helfen. Es war auch an der Zeit, sie waren kurz davor gewesen, zu verdursten. Lange Zeit hatte sie noch Wasser aus einem Fluss schöpfen können, das hatte sie auf einem Feuer gekocht, um es genießbar zu machen. Ihre Kinder konnte sie stillen, das rettete ihnen das Leben. Aber jetzt war sie sehr erschöpft und abgemagert. „Euch schickt der Himmel!" rief sie. „Endlich ist es so weit. Ich habe nie die Hoffnung aufgegeben, die Hoffnung darauf, dass eines Tages Hilfe kommen wird. Immer habe ich zu meinem Gott gebetet, er möge mir Hilfe schicken. Aber seht, ich bin nicht alleine. Sie rief in einer fremden Sprache etwas, das unsere lieben Menschen nicht verstanden. Schon kamen noch mehr hilflose, fast verhungerte Menschen aus den Trümmern der Häuser hervor. Sie hatten es mit Hilfe des Wassers aus dem Fluss schaffen können, sich für eine Zeit zu versorgen. Aber nun trocknete auch der Fluss aus und ein Überleben wäre bald nicht mehr möglich gewesen. Uriel aber hatte gesehen, dass hier seine Hilfe ganz dringend nötig geworden war. Plötzlich floss Wasser in den Fluss, Wasser, das rein und klar war. Es konnte direkt getrunken werden, das war eine Freude, nein, es war ein Wunder. Uriel war überall dort, wo seine Kräfte gebraucht wurden. „Kommt mit uns, hier könnt Ihr nicht mehr lange bleiben. Wir werden Euch ein neues Zuhause geben", forderte einer der Ausgesandten die armen ausgemergelten Menschen auf. Das verstanden alle, Uriel hatte ihnen die Kraft gegeben, die fremde Sprache verstehen zu können. Die Gruppe unserer Ausgesandten musste sich nun noch einmal trennen, einige zogen mit den armen Überlebenden zurück, um ihnen ein neues Zuhause zu schaffen, die anderen zogen weiter, um nach anderen Überlebenden zu suchen. Uriel wies beiden Gruppen den Weg, er ließ einen hellen Strahl in die Richtung leuchten, in die sie gehen mussten. Weil aber die Gruppe mit den Überlebenden den steinigen Weg zurück kaum schaffen würde, lag der helle Strahl plötzlich auf der Erde. „Mami, sieh nur. Eine Straße!" Ja, Elisabeth hatte richtig gesehen, der helle Strahl hatte sich in eine ebene Straße, auf der sie nun leicht und schnell voran kamen, verwandelt. Sie marschierten fröhlich zurück, dorthin, an den Ort, an dem Uriel bereits das Flughafengebäude wieder neu geschaffen hatte. Hier gab es genügend Platz, hier gab es für jeden ein Dach über dem Kopf. Das Gebäude war in Licht und Liebe eingehüllt, sofort fühlten sich alle sehr wohl. Auch Nahrung gab es hier mittlerweile genug für alle, die wunderschönen Blumen, die Uriel auf den Gräbern hatte blühen lassen, waren in prachtvolle, mächtige Obstbäume verwandelt worden. Auf den Zwischen-räumen hatte Uriel Getreide wachsen lassen, so war für alle gesorgt.

Auf den anderen Kontinenten taten sich ähnliche Wunder, auf den ausgehobenen Gräbern wuchsen prachtvolle Blumen, die sich dann später in Früchte tragende Bäume verwandelt hatten. Getreide begann, zu wachsen. Die Ausgesandten hatten es geschafft, mit Uriels Hilfe, die Überlebenden in zerstörten Dörfern und Städten zu finden und in das neue Zuhause, dass aus dem früheren Flughafengebäude entstanden war, zu bringen. Das Gelände, das einst ein Flughafengelände gewesen war, hatte sich zu einer kleinen Stadt entwickelt. Aber es gab noch sehr viel zu tun, die Überlebenden mussten getröstet und mit neuer Kraft versorgt werden. Jeden Abend, nachdem alle ihr Tagewerk verrichtet hatten, kamen sie zusammen. Sie sprachen sehr viel miteinander, sie konnten sich alle verständigen, obwohl sie früher viele verschiedene Sprachen gesprochen hatten. Dafür hatte ihr Engel Uriel gesorgt, er hatte eine neue Sprache für sie geschaffen. Die Sprache des Lichts, diese Sprache konnte von allen verstanden und gesprochen werden. Nur so war ein gemeinsames, friedvolles Leben möglich. Die Sprache des Lichts tröstete die verwundeten Herzen, die Wunden, die alle tief in ihren Herzen trugen, verheilten langsam. Das war gut so, denn nun war auch bald die Zeit für die nächste große Aufgabe, die die Weisen im Himmel ihnen aufgetragen hatten, gekommen. Eine neue Menschheit, eine ganz neue Zivilisation musste aufgebaut werden. Diese Aufgabe hatte keiner von ihnen vergessen. So saßen sie eines Abends beisammen und sie fühlten, dass etwas geschehen würde. Es schien ihnen, als sei die Zeit gekommen. Und tatsächlich, Uriel sprach zu ihnen. Er sprach nicht mit der Sprache des Lichts, die er extra für die Menschen geschaffen hatte, nein, nun sprach er mit der Sprache der Herzen. Direkt in die Herzen der Menschen hinein. Andächtig fühlten alle, wie Uriel zu ihnen sprach: „Ihr lieben Menschen, Ihr seid Auserwählte, von den Weisen im Himmel auserwählt, für ein neues Leben auf diesem schönen Planeten zu sorgen. Ich werde Euch auch weiter zur Seite stehen, ich werde Euch mit meiner Kraft bei Eurer großen Aufgabe unterstützen. Steht auf und beginnt damit, Häuser zu bauen. Kleine Häuser, die alle gleich sein sollen. Keines darf größer oder schöner sein als das andere. Nein, sie sollen alle gleich sein. Jede Familie soll das gleiche Haus bekommen, in dem sie leben kann. Und, Ihr sollt ein sehr großes Haus bauen, in dem Ihr alle Platz habt. Dieses Haus soll die Schule sein, die Schule für die Kinder, aber auch die Schule für die Erwachsenen. Die Kinder sollen im Lesen, Schreiben, Rechnen, in den Naturwissen-schaften und in der Sprache des Lichts geschult werden. Aber sie sollen auch auf das neue Leben vorbereitet werden. Ihr Erwachsenen sollt regelmäßig, jeden Abend in der Schule zusammen kommen, um über Euer neues Leben zu sprechen und zu lernen. Eine von Euch wird die Lehrerin sein, es ist ihre Aufgabe, Euch über das neue Leben zu unterrichten. Ich überlasse es Euch, mit der Kraft Eurer Herzen, diese Lehrerin selbst zu erwählen. Ja, so soll es sein."

Sofort war allen klar, wen sie zu ihrer Lehrerin erwählen würden. Für diese große Aufgabe kam nur eine in Frage, eine, die ihnen schon während ihres wunderbaren Flugs so viel erzählen konnte. Elisabeths Mutti, nur sie konnte die Lehrerin sein. Uriel hatte das Gespräch über die Lehrerin zufrieden beobachtet. Die Menschen hatten die Frau, die die Weisen im Himmel als Lehrerin vorgesehen hatten, gewählt. Der neue Weg konnte beginnen. Bisher hatten sich alle Menschen sehr weise verhalten, das konnte er nun auch den Weisen im Himmel berichten, die dann auch sofort beschlossen, den Menschen beim Bauen ihrer Häuser etwas Hilfe zu geben. Sie ließen es regnen, die Regentropfen prasselten nur so aus dem Himmel herab, bis sie sich verwandelten. Aus den Tropfen waren Ziegelsteine für die Mauern und Dachziegel für die Dächer geworden. All das ließen die Weisen auf die Erde herab regnen, bis die Menschen genügend Material beisammen hatten und mit dem Bau der Häuser beginnen konnten. Sie führten ihre Aufgabe genau so aus, wie Uriel es ihnen aufgetragen hatte. Sehr viele kleine Häuser, die alle gleich in der Größe und Schönheit waren, entstanden. Natürlich hatten die Menschen auch an das große Schulgebäude gedacht. Kaum war es fertig gestellt, nahm Elisabeths Mutti ihre Arbeit in den großen, hellen Räumen auf. Alle Kinder, egal ob groß oder klein, bekamen von ihr Unterricht in all den Fächern, die Uriel aufgetragen hatte. Das Unterrichten und Erlernen der Sprache des Lichts war ihnen allen immer eine besondere Freude. Das besondere an der Sprache des Lichts war übrigens die Tatsache, dass in ihr keine Worte wie Krieg, Streit, Macht usw. existierten. Am Abend kamen die Erwachsenen in das Schulhaus, um über ihr neues Leben zu sprechen und zu lernen, wie sie sich verhalten mussten. An manchen Abenden kam auch Uriel dazu, um zu sehen, wie es voran ging und um den Menschen etwas von seiner Kraft, seinem Licht, zu geben. So lebten sie eine Weile sehr friedfertig vor sich hin, gingen in die

Schule, taten ihre Arbeit, hielten ihre Häuser in Ordnung und sorgten für einander. Alles war gut.

Die Kinder des Lichts

Uriel hatte die Menschen sehr lange Zeit beobachtet, er war zufrieden. Nun war es an der Zeit für den nächsten Teil ihrer großen Aufgabe. Die Zeit war gekommen. Eines Abends, als die Erwachsenen wieder im Schulhaus saßen und einer Geschichte von Elisabeths Mutti zuhörten, sprach er wieder zu ihnen. Er benutzte nicht die Sprache des Lichts, nein, er sprach direkt in ihre Herzen hinein, so, wie er es immer tat, wenn es um etwas großes, etwas Bedeutendes ging. „Die Zeit für Eure nächste große Aufgabe ist gekommen. Ihr habt schon sehr viel erreicht, Ihr habt Euch immer sehr weise verhalten. Ich sehe, Ihr seid nun bereit, Eure Aufgabe weiter zu erfüllen. Es ist an der Zeit, dass Kinder geboren werden. In jedes Haus, in jede Familie wird ein Kind hinein geboren werden. Seid bereit, diese Kinder voller Licht und Liebe zu empfangen. Diese Kinder werden die Kinder des Lichts sein. Sie werden Euer Leben sehr bereichern und Euch mit Freude und Glück erfüllen." Schon hatte er sich aus den Herzen der Menschen zurück gezogen, er war wieder einmal sehr zufrieden. Die Menschen hatten seine Botschaft angenommen, so wie sie es immer getan hatten. Die Zeit für die Kinder des Lichts war gekommen. Sie waren sehr glücklich, keine machte sich Sorgen. Sorgen darum, ein weiteres Kind ernähren und erziehen zu müssen. Statt großer Sorgen, wie es oft früher auf der Erde gewesen war, wenn ein Kind auf die Welt kommen wollte, machte sich hier großes, unbeschreibliches Glück breit. Ihre Kinder würden die ersten sein, die in dieses neue Leben, diese neue Menschheit hinein geboren werden würden. So ein großes Geschenk. Die auserwählten Menschen hatten mit einer neuen

Zeitrechnung auf der Erde begonnen, sie hatten die Tage nach ihrer Heimkehr neu gezählt. Es waren nun insgesamt 737 Tage vergangen. Uriel hatte nochmal in die Herzen der Menschen gesprochen, er hatte ihnen verkündet, dass die Kinder des Lichts am Tage 777 nach der neuen Zeit auf die Welt kommen würden. Vierzig Tage würden noch vergehen, dann sollte es so weit sein. Eine aufregende Zeit des Wartens für unsere Auserwählten. Es blieb noch etwas Zeit, in den Häusern alles für die Ankunft der Kinder des Lichts vorzubereiten. Jeden Abend kamen die Menschen im Schulhaus zusammen, Elisabeths Mutti erzählte sehr viele lehrreiche Geschichten und bereitete so alle auf den großen Tag vor. Am vierzigsten Tag würden sie die Begründer einer neuen Menschheit sein. „Ach bitte, erzähle uns noch eine Geschichte. Vielleicht eine über eine Mutter und ihre Kinder. Bitte." Gerne erzählte Elisabeths Mutti eine uralte Sage, die sie vor langer Zeit einmal gelesen hatte. „Früher strömte das Meer bisweilen sehr tief in das Land hinein. Unterhalb der Klippe wohnte eine arme Frau mit ihren Kindern. Die Kinder waren alle noch recht klein und keine große Hilfe für sie. Die Mutter musste alleine für die Familie sorgen, die Kinder kümmerten sich um die Hühner. Wenn sie von der Arbeit nach Hause kam, waren die Hühner gefüttert und die Eimer mit Wasser gefüllt. Eines Tages war die Frau sehr müde, nichts gelang ihr so schnell wie sonst. Die Luft war schwül und stickig und als sie nach Hause kam, erzählten die Kinder ihr, die Hühner hätten kaum etwas essen wollen. Trotzdem wurden alle versorgt und waren zufrieden, beieinander zu sein. Die schwüle, stickige Luft und das Verhalten der Hühner kündigten aber einen schweren Sturm an. Während die Mutter am Spinnrad saß und dem Spiel ihrer Kinder zuschaute, erhob sich das Meer und die Wassermassen rollten unaufhaltsam auf die Klippen zu. Eins der Kinder bemerkte das nahende Unglück und warnte die Familie. Die Mutter sammelte ihre Kinder um sich und rannte mit ihnen zum Berg. Sie hielt die Kinder in ihren Armen, um sie vor den Wellen zu schützen, aber das Wasser stieg weiter an. Die Mutter hockte sich hin und betete, dass Gott ihre Kinder vor der Flut schütze. Die Kinder kletterten auf ihre Schultern, als das Wasser bis zu den Füßen reichte. Gott erhörte ihr Gebet, das Wasser ging zurück. Die Mutter aber war zu einem Felsblock erstarrt, auf dem die Kinder Schutz gefunden hatten."

„Oh, wie traurig", begannen einige. Ja, das war wirklich eine Geschichte mit einem traurigen Ende. „Nein", Elisabeths Mutti, die mittlerweile eine große Geschichtenerzählerin und kluge Lehrerin geworden war, erklärte. „Wir sollten aus dieser Geschichte etwas lernen. Wir lernen, wie wichtig es ist, dass wir Eltern bereit sein müssen, für unsere Kinder alles zu tun, um ihr Leben zu retten. Selbst wenn wir unser eigenes Leben opfern müssen, sollten wir dazu bereit sein, sonst sind wir keine guten Eltern. Und ganz besonders jetzt, wo der große Tag nur noch vierzig Tage entfernt ist, müssen wir uns darüber im Klaren sein, welche große Verant-wortung, welche große Aufgabe ein Kind bedeutet. Natürlich ist ein Kind ein großes Geschenk des Himmels und diese Kinder des Lichts, die geboren werden, sind ganz besondere Kinder, sie sind ein ganz besonderes Geschenk der Weisen im Himmel für uns. Wir müssen uns unserer großen Aufgabe bewusst sein, die die Weisen im Himmel uns anvertraut haben. Der große Beginn einer neuen Menschheit steht uns bevor. Lasst uns dafür dankbar sein." So schloss sie mit ihrer Erklärung. „Natürlich, Du hast Recht", nun hatten alle den Hintergrund der traurigen Sage verstanden.

Tag 777 nach der neuen irdischen Zeitrechnung
– der große Tag

Nun war er da, der große Tag. Die Menschen hatten alle Vorbereitungen in ihren Häusern, von denen jedes dem anderen total gleich war, für die Ankunft der Kinder des Lichts getroffen. Nun waren sie bereit und sie warteten voller Aufregung gemeinsam im Schulhaus. Wann würde es wohl so weit sein? Wie würden die Kinder wohl aussehen? So viele Fragen hatten sie, so viele Gedanken machten sie sich. Uriel übernahm die große Aufgabe. Er hatte die Menschen wieder einmal lange Zeit beobachtet und zufrieden gesehen, wie sie in ihren Häusern alles für die Kinder des Lichts vorbereitet hatten und noch wichtiger, wie gründlich und besonnen sie sich selbst auf die Ankunft vorbereitet hatten. Das Licht, dass immer noch sehr warm und hell vom Himmel strahlte, leuchtete plötzlich besonders hell. Noch viel heller als es in den vergangenen Tagen gestrahlt hatte. Das war das Zeichen der Weisen aus dem Himmel, er konnte sich auf den Weg machen und seine große Aufgabe ausführen. Die Weisen im Himmel hatten vierzig Kinder des Lichts geschaffen, die im Augenblick aussahen, wie ganz normale Babys. Ja, so sahen sie wirklich aus. Sie hatten einen menschlichen Körper und reagierten ganz gewöhnlich und selbstverständlich, so wie alle Babys, die gerade erst zur Welt gekommen sind. Auf seinen großen Flügeln, die er ausgebreitet hatte, trug Uriel die Babys sanft und vorsichtig bis an das Ende des Universums. Die Menschen auf der Erde konnten ihn ja nicht sehen und sie würden sicher sehr erschrecken, wenn plötzlich vierzig Babys auf der Erde lagen. Das konnten die Weisen im Himmel natürlich nicht verantworten, so hatten sie beschlossen, dass am Rande des Universums eine große, samtweiche Wolke wartete und die Babys übernahm. Und am Tage 777 nach der neuen Zeitrechnung landete eine große, samtweiche Wolke, eingehüllt in ein wunderschönes warmes Licht auf der Erde. Die Menschen, die sich zum Warten im Schulhaus versammelt hatten, liefen sofort auf die große Wiese, um zu sehen, was das sein konnte. Sie hatten schon so viele Wunder gesehen, so wunderten sie sich auch gar nicht, dass heute eine Wolke auf der Wiese landete. Schnell umringten sie voller Staunen die von Licht und Wärme durchflutete Wolke. Was sie dann sahen, konnten sie kaum glauben. Im Inneren der einzigartigen Wolke befanden sich vierzig Babys. Nun war Uriels Zeit gekommen, in die Herzen der Auserwählten zu sprechen. „Meine lieben Menschen, nun ist der große Tag gekommen. Die Kinder des Lichts sind eingetroffen. Bitte, jede Familie soll eines mit zu sich nach Hause nehmen. Die Kinder des Lichts sind ganz besondere Kinder, sie sind die ersten Kinder Eurer neuen Menschheit, der neuen Zivilisation. Gebt Ihnen Namen, behandelt sie liebevoll und erzieht sie im Sinne der Weisen im Himmel, damit sie genügend Wissen vermittelt bekommen, diese neue Zivilisation zu begründen und weiter wachsen zu lassen. Neues Leben beginnt. Ein wunderbares neues Leben." Die Auserwählten standen noch eine Weile um die Wolke herum, dann nahm jede Familie ein Baby an sich und trug es nach Haus und die Wolke löste sich auf, nur ihre Wärme blieb noch für eine Weile auf der Wiese. Es war ein großer Tag, die Kinder des Lichts waren auf wundersame Weise geboren. Der Grundstein für die neue Menschheit war gelegt, nun würde alles gut werden. Auch nach der Ankunft der Kinder des Lichts trafen sich die Auserwählten, die einmal, vor langer Zeit ahnungslos in ein Flugzeug gestiegen waren, um eine Reise anzutreten, eine Reise, von der sie nicht wussten, dass diese sie in ein völlig neues, wunderbares, friedfertiges Leben voller Licht und Liebe führen würde, jeden Abend im Schulhaus. Sie sprachen in der Sprache des Lichts, die sie alle verstanden und die sie auch mit ihren Kindern, den Kindern des Lichts sprachen. Im Himmel beobachteten die Weisen alles sehr genau und sie waren glücklich. Alles Unglück auf dem einstmals so schönen Planeten Erde, war aufgelöst und in neues Leben verwandelt worden. Sie gaben ihrem treuen Helfer Uriel eine neue Aufgabe. Er sollte noch einmal in die Herzen der Auserwählten sprechen und ihnen die wichtigsten fünf Regeln für ihr weiteres Leben vermitteln. Elisabeths Mutti, die große Geschichtenerzählerin und Lehrerin tat das auch jedes Mal, wenn sie sich trafen. Aber trotzdem war es den Weisen wichtig, dass diese fünf Regeln noch ganz tief in den Herzen der Auserwählten verankert würden. Sie ließen Uriel tief in die Herzen der Auserwählten sprechen und ihm diese wichtigsten Regeln noch einmal ganz genau erklären. Jeder, der Auserwählten fühlte ganz tief in sich, wie die fünf Regeln des Lebens in seinem Herzen verankert wurden…

Die 5 Regeln des Lebens lauten:

- Gerade heute ärgere Dich nicht, denn die Emotion ist Dünger Deiner geistigen Aussaat.
- Gerade heute sorge Dich nicht. Alles, was geschieht, ist Teil des göttlichen Plans, einem Plan, der nur Dein Bestes im Sinne hat.
- Gerade heute sei mit Dankbarkeit erfüllt. Dankbarkeit ist eine Grundvoraussetzung, um auch den eigenen Willen zu bekommen.
- Gerade heute arbeite ehrlich und hart an Dir, Deinem Wesen und der eigenen Erkenntnis.
- Gerade heute sei nett und freundlich zu allen Wesen. Denn alles ist eins und alles ist mit-einander verbunden, wenn Du jemanden oder etwas verletzt, schadest Du auch dir selbst.

Nach dieser besonderen Ansprache durch Uriel gingen alle Auserwählten nach Hause. Sie dachten noch sehr lange nach. Für alle stand fest, dass sie diese fünf Regeln des Lebens immer beherzigen würden. So tief waren sie durch Uriel verankert worden.

Elisabeths Familie und ihr Kind des Lichts

„Mami, war ich auch mal so klein? Schau mal, diese süßen, kleinen Händchen…und erst diese kleinen Füße. Wie süß!" Elisabeth war total entzückt von dem kleinen Wesen, das da ins Haus, in ihre Familie gekommen war. Immer wieder ging sie zu dem kleinen Bettchen und spielte ein wenig mit ihrem Geschwisterchen. Sie freute sich jedes Mal, wenn ihre kleine Schwester lächelte oder vor Freude jauchzte. Ach, das war immer so lustig, es machte ihr so viel Spaß. „Mami, schau mal, sie lächelt." Die kleine Luzi, so hatten sie ihr Kind des Lichts nach dem spanischen Wort für Licht *luz* genannt, machte ihnen allen sehr viel Freude. Sie strahlte fröhlich, wenn jemand an ihr Bettchen trat, beim Füttern und Wickeln schaute sie aufmerksam mit ihren süßen, kleinen Augen um sich herum. Es wirkte, als wolle sie alles genau sehen und aufnehmen. Und das tat sie auch. Am Abend kamen die Auserwählten immer mit ihren Kindern und den Babys im Schulhaus zusammen. Dann erzählten sie sich, was ihre Babys heute wieder neues dazu gelernt hatten, sie tauschten ihre Erfahrungen mit den besonderen Babys aus. Dabei hatten sie immer wieder sehr viel Freude, es waren sehr schön Abende, erfüllt mit dem Lachen und dem Glucksen von vierzig kleinen, besonderen Babys, diese Babys weinten nie. Sie waren zu jeder Zeit glücklich und rundum zufrieden. Es schien den Erwachsenen, als seien ihre Babys wesentlich weiter entwickelt, als menschliche Babys im gleichen Alter. So war es auch, die Kinder des Lichts nahmen alles, was um sie herum geschah, auf. Sie merkten es sich und lernten daraus. Aber sie hatten alle eine ganz besondere Eigenschaft, sie konnten mehr sehen als die Auserwählten. Sie konnten alles sehen, über das Elisabeths Mutti so viele Geschichten erzählt hatte. Sie waren in der Lage, Feen, Kobolde, Engel, Gottheiten, ja, sogar die Liebe und das besondere Licht, alle möglichen anderen magischen Gestalten zu sehen, von denen die Auserwählten zwar wussten, dass es sie gab, sie aber nicht sehen konnten. Weil diese Kinder des Lichts all diese wunderbaren Dinge sehen konnten, waren sie besonders klug. Als nun alle drei Jahre alt waren, durften sie mit den anderen Kindern in die Schule gehen, an der immer noch Elisabeths Mutti unterrichtete. Sie lernten gerne und mit viel Freude, alles Lernen fiel ihnen nicht schwer. Schnell sprachen sie die verschiedenen Sprachen, die nun gelehrt wurden. Die Hauptsprache blieb aber immer die Sprache des Lichts, so gerne hörten sie den Geschichten zu, die Elisabeths Mutti ihnen von dem Leben weit vor ihrer Zeit, der Zeit, als es auf der Erde noch sehr schrecklich und grausam zu ging, erzählte. Natürlich war es nicht immer leicht, all das zu erklären, was früher in dieser schrecklichen Zeit geschehen war. Uriel, der alles beschützende und bewachende Engel, war immer bei ihnen. Und sie waren die besonderen Kinder, die ihn auch sehen konnten. In den Pausen spielten sie mit den andern Kindern, es war eine einzigartige Gemeinschaft entstanden. Immer war auch Uriel an ihrer Seite, manchmal waren die Kinder verwundert, wenn die Kinder des Lichts den Ball in eine Richtung warfen, in der niemand stand. Trotzdem wurde der Ball gehalten, natürlich, Uriel stand dort und fing. So ging eine schöne Kindheit, eine schöne Zeit, ihren Gang. Die Kinder des Lichts wuchsen heran, sie verliebten sich in die Kinder der Auserwählten und heirateten untereinander. Nun sah Uriel, dass es an der Zeit war, Zeit für das nächste kleine Wunder. Die Auserwählten hatten die Kinder des Lichts mit so viel Liebe groß gezogen, es war an der Zeit, noch einmal eine Schar Kinder auf die Erde, die nun wunderbar gedieh, zu bringen. Die Weisen im Himmel hatten das auch erkannt, es war wirklich an der Zeit. So riefen sie Uriel zu sich und er bekam wieder einmal die Aufgabe, die nächsten vierzig Babys auf die Erde zu bringen. Genau wie beim ersten Baby-Wunder trug er die vierzig kleinen Babys auf seinen großen Flügeln bis an das Ende des Universums. Von dort wurden die Babys, die nächste Generation Kinder des Lichts, wieder von einer wunderbaren, weichen, von Licht und Wärme durchfluteten Wolke übernommen. Das große Wunder, das einst vor vielen Jahren stattgefunden hatte und den Auserwählten so viel Freude gebracht hatte, wiederholte sich. Auch dieses Mal landete eine weiche, warme, fast flauschige Wolke vorsichtig auf der Wiese, genau wie es einst gewesen war, und brachte die nächsten vierzig Kinder des Lichts zu den Auserwählten. Diese Babys wurden bei den ersten Kindern des Lichts, die ja nun schon erwachsen waren, untergebracht. Sie brachten auch dieses Mal wieder so viel Freude mit sich, auch sie waren ganz besondere Babys, die glücklich und zufrieden heran wachsen durften. Ihren Eltern-Paaren bereiteten sie, genau wie ihre Vorgänger, sehr viel Freude und Zufriedenheit. So wiederholte sich alle zwanzig Jahre das Wunder der Ankunft der Kinder des Lichts. Die neue Menschheit, die neue Zivilisation hatte ihren Grundstein bekommen. Die Kinder des Lichts verfügen über ganz besondere Fähigkeiten. Sie können alle magischen Wesen sehen, mit ihnen sprechen und mit ihnen spielen. Sie konnten in der Sprache des Lichts zu den Gottheiten sprechen, in ihnen lebten der Frieden, die Liebe und das Licht fort. Eines Abends, Elisabeths Mutti war nun auch schon eine alte Dame geworden, erzählte sie wieder vom Leben auf der Erde, das ja nun schon sehr weit vor ihrer Zeit zurück lag. „Ihr Kinder des Lichts, Ihr seid wirklich sehr besondere, auserwählte Wesen. Es liegt an Euch, unsere neue, so liebevolle Menschheit immer wieder weiter zu führen. Vor langer Zeit, als wir noch auf der alten Erde, die so traurig und grau geworden war, lebten, haben die Weisen im Himmel auch schon immer mal Kinder des Lichts auf die Erde gesandt. Sie hatten die Hoffnung, dass diese Kinder den Menschen helfen konnten. Leider haben die Menschen diese Botschaft der Weisen aber nicht verstanden. Sie hatten einfach zu wenig Zeit, sie hatten kein Mitgefühl, sie erkannten einfach die Weisheit dieser Kinder, die etwas ganz besonderes waren, nicht. Für diese Kinder des Lichts war das Leben seinerzeit auf der Erde sehr schwer. Sie wurden verkannt, sie wurden als hyperaktiv oder autistisch, als Kinder mit einer Inselbegabung, als überdurchschnittlich intelligente Kinder, als schwierige Kinder, als Träumer bezeichnet. Was die Menschen aber seinerzeit nicht verstanden haben, war die Tatsache, dass diese besonderen Kinder alle eine große Gabe in sich hatten. Diese nicht erkannte große Gabe wurde nicht beachtet, ja, sie wurde verschwendet. Manchmal haben sich Wissenschaftler oder auch Geistheiler sehr ausgiebig mit diesen Kindern beschäftigt, sie kamen nach langen Studien zu dem Schluss, dass diese Kinder *Indigo-Kinder* seien. Das war für die Eltern aber kein Trost, nein, es war eher eine zusätzliche Belastung. Was aber genau ist ein Indigo-Kind? Ich will es Euch erklären Die Indigo-Kinder hatten klare Vorstellungen und einen stark ausgeprägten Willen mit dem sie gegen all das kämpften, was sie für falsch hielten. Sie waren ganz besonders liebenswerte Geschöpfe. Diese Kinder wünschten sich nur, dass man ihnen zuhörte und sie so akzeptierte, wie sie waren. Neue Kinder, für die neue Grundlagen hätten geschaffen werden müssen. Leider waren die Menschen oft nicht in der Lage, die Botschaften der Indigo-Kinder zu hören und zu verstehen. Ich weiß, meine Lieben, das ist eine sehr ausführliche Erklärung, aber eigentlich ist es nur die Beschreibung unserer heutigen Kinder des Lichts. Heute sind wir viel weiser, wir sind alle glücklich und zufrieden. Wir lieben unsere Kinder, die Kinder des Lichts.

Eine neue Menschheit ist durch uns entstanden. Was wir aus dieser Erklärung lernen sollten, ist, alles anzunehmen. Egal, ob es uns gerade merkwürdig erscheint, alles hat seinen Grund.

Uriel hatte der ausführlichen Erklärung gelauscht. Elisabeths Mutti war eine sehr kluge Frau, die Weisen im Himmel hatten damals, vor langer Zeit, gut daran getan, ihr die kleine Elisabeth zu senden. Die Indigo-Kinder, die nach dem Beginn der neuen Zeit die Kinder des Lichts waren, würden die neue Menschheit und die fünf wichtigsten Regeln des Lebens immer zu würdigen wissen. Nach vielen Generationen würden nur noch Kinder des Lichts, die dann erwachsen sein würden, auf der Erde leben. Und nach noch mehr Generationen, in ferner Zukunft, würde der wunderbare Planet Erde nur noch von Kindern des Lichts bevölkert sein. Nie mehr würden die Weisen im Himmel sich Sorgen machen müssen, ob es auf der Erde Kriege, Verbrechen oder anderes Unwesen geben würde. Nein, die neue Zivilisation, die Kinder des Lichts, würden auf ewig in Frieden zusammen leben. Später dann, in noch fernerer Zukunft würden sie bereit sein, auch alle anderen Planeten zu bevölkern und von dort das Licht und die Liebe weiter ins Universum zu tragen. So weit, bis endlich jede, noch so entfernte Galaxie von Licht und Liebe erfüllt war. Das war noch eine sehr große Aufgabe, über die er wachen musste.

Vierzig Jahre nach der Rückkehr vom Flug NN1114
(nach der neuen Zeitrechnung)

Einige der Auserwählten, die bereits erwachsen gewesen waren, als sie völlig ahnungslos, an Bord des Flugs NN1114 gegangen waren, hatten ein wunderbares neues Leben auf der neuen Erde geführt. Jedoch spürten die ersten, die ältesten unter ihnen, dass es bald an der Zeit sein würde, die letzte große Reise in eine andere Welt anzutreten. Sie waren müde geworden, ihre Körper waren gealtert. Manche unter ihnen waren schon über siebzig Jahre alt, sie waren immer noch sehr glücklich, ruhig und zufrieden, aber sie spürten, dass ihre Zeit bald kommen würde. Angst vor dem Tod hatten sie nicht, sie wussten, es würde eine letzte, wunderbare Reise werden, wenn sie diese Erde, dieses irdische Leben verlassen würden. Und was noch wichtiger war, sie wussten, dass ihre Seelen auf die Erde zurück kehren würden. Alles war gut. Eines Abends saßen sie wieder im Schulhaus zusammen, als einer der ältesten unter ihnen Elisabeths Mutti fragte, wie es wohl sein würde, wenn man stirbt. Nach ihrer Heimkehr zur Erde vor so vielen Jahren hatten sie viele Menschen gesehen, die gestorben waren, die sie hatten begraben und für die sie hatten beten müssen. Wie würde wohl der eigene Tod, das eigene Sterben aussehen? Das fragten sie sich schon seit geraumer Zeit. „Macht Euch keine Sorgen, habt keine Angst", begann Elisabeths Mutti, die mittlerweile, nach so vielen Jahren berühmt geworden war, als Geschichtenerzählerin. Ja, sie hatte so viel erzählen können, sie war eine sehr kluge Frau und stand ihnen immer mit Rat und Tat zur Seite. „Ich erzähle Euch mal etwas von einem Traum. Einem Traum, den eine junge Frau einmal vor langer Zeit geträumt hat, als wir noch auf der alten Erde lebten.

Im Traum beginne ich mich schlecht zu fühlen…ich bin bewusstlos. Jemand öffnet mir die Augen und leuchtet mit einer kleinen Lampe hinein. Ich verliere wieder die Kontrolle über mich und meine Sinne, habe aber gar keine Angst, weil ich die Stimme meines Schatzes höre. Im Traum habe ich über meine linke Körperhälfte keine Kontrolle mehr, das ist aber gar nicht schlimm, weil mein Schatz mich ganz einfach stützt, so kann ich dann doch langsam und sehr wacklig zum Krankenwagen laufen. Dort verliere ich wieder das Bewusstsein, jemand leuchtet wieder in meine Augen hinein…warum auch immer…Die Szene im Traum wechselt: Ich bin eine sehr alte Frau und wohne mit meiner Tochter und deren Familie in einem großen, schönen Klinkerhaus. Ich bin schon sehr senil und halte mich oft für eines der Kinder meiner Tochter, lege mich abends in die Betten der Kinder und höre den Geschichten zu, die der Vater vorliest…die Kinder machen sich immer einen kleinen Spaß daraus, bei wem die Oma heute wohl schläft….es ist alles sehr liebevoll. Eines Abends sitze ich mit meiner jüngsten Tochter vor dem Haus, sie erzählt mir wieder einmal, wie so oft, wie ich früher zusammen mit meinem verstorbenen Mann das Haus mühevoll aufgebaut habe. Daran kann ich mich gar nicht erinnern und staune, dass ich so etwas Schönes gebaut haben soll. Es ist ein sehr schöner Augenblick. Ich bin glücklich. Plötzlich merke ich, wie etwas sehr Schönes, sehr Warmes, durch meinen alten Körper, den ich ja kaum noch bewegen kann, geht. Ich bin leicht wie eine Feder, tanze über die grüne Wiese vorm Haus. Meine Tochter ruft noch laut nach mir, ich tanze weiter und weiter, plötzlich fliege ich sogar über die Wiese und sehe, wie mein Körper unter mir dort im grünen Gras liegt. Ich begreife, dass meine Seele meinen Körper verlassen hat und ich wohl gestorben bin. Ein unglaubliches Gefühl der Ruhe und des Glücks macht sich in mir breit…Ein wirklich sehr, sehr schönes Gefühl…Mit diesem Gefühl bin ich aus dem Traum erwacht und war sehr überrascht…vor lauter Glücksgefühl konnte ich gar nicht wieder einschlafen. Abschließend möchte ich sagen, dieser Traum von meinem eigenen Tod war nicht unheimlich, er hat mir keine Angst eingeflößt. Ganz im Gegenteil, der Traum hat mir bestätigt, was ich eigentlich schon immer zu wissen meinte. Der Tod ist einfach nur ein Übertritt der Seele in eine andere Welt…Es ist für mich fast unmöglich, dieses Gefühl, diese Ruhe, dieses Glück, das ich während und nach dem Traum immer noch empfinde, zu beschreiben."

Also, meine Lieben, Ihr seht, das Sterben ist nicht schlimm. Unsere sterblichen Körper bleiben auf der Erde, die Seele aber, die unsterblich ist, bekommt ein neues Zuhause. Sie lebt ewig weiter, manchmal in einem anderen Menschen, manchmal kommt sie in Gestalt eines Engels auf die Erde zurück, manchmal bleibt sie auch bei den Weisen im Himmel und wacht dort über ihre Lieben, die sie noch auf der Erde zurück gelassen hat. Habt keine Angst." „Oh, danke. Du bist so eine kluge Frau, Du kannst so schön erzählen und erklären. Danke."

Die Zuhörer waren wieder einmal begeistert und dankbar. Aufmerksam hatten sie zugehört, nun dachten sie noch lange über das Gehörte nach, sie überlegten, in welcher Form ihre Seele wohl weiter leben würde. Es kam der Tag, der Tag, der von den Alten so ersehnt wurde. Es war so weit, der erste von ihnen trat seine letzte Reise an. Sein Körper war vom Alter geschwächt, er war dankbar und ruhig. Sein Leben war nach der großen Reise mit dem Flug NN1114 voller Frieden und Harmonie verlaufen. Nun war die Zeit gekommen, zu gehen und in ein anderes Leben zu wechseln. Ruhig und entspannt legte er sich nieder. Nach kurzer Zeit hatte sein Herz aufgehört zu schlagen. Die Auserwählten trauerten aber nicht um ihn, nein, sie beteten für seine Seele. Sie waren dankbar, dankbar dafür, dass sie ihn gekannt hatten, dass er einen Teil ihres Weges mit ihnen gegangen war. So begruben sie seinen Körper und beteten für eine glückliche Reise in eine andere Welt. Und da war es wieder! Das Wunder, dass sie einst, vor vielen Jahren schon erleben durften. Auf dem frischen Grab, sprießten plötzlich, wie von Zauberhand wunderschöne Blumen. Sie blühten kurz danach in voller Pracht und strömten einen wunderbaren, fast zauberhaften Duft aus. Elisabeths Mutti und die anderen Auserwählten hatten das Wunder mit eigenen Augen verfolgt. „Seht nur", rief unsere kleine Elisabeth, die nun auch schon längst eine erwachsene Frau geworden war. „Seht nur, Rosen blühen auf dem Grab. Mutti, weißt Du noch, als Du uns damals die Geschichte von den kleinen Feen erzählt hast, die in den Rosenblüten wohnen? Das war eine so schöne

Geschichte. Wir werden nur ganz vorsichtig in die Blüten hinein schauen, um zu gucken, ob vielleicht auch in diesen Blüten die Feen eingezogen sind." Schnell lief sie zum Grab hin, war dann aber etwas enttäuscht, dass sie keine von den kleinen Feen sehen konnte. Spüren konnte sie die Anwesenheit, der kleinen, immer glücklichen Wesen. „Bitte, Luzi, komm mal. Schau mal, Du bist doch ein Kind des Lichts. Du siehst sie bestimmt." Luzi sah sofort, kaum dass sie die Rosenblüten vorsichtig berührt hatte, zahlreiche kleine Feen, die fröhlich tanzten und sangen. „Ja", sagte sie ganz vorsichtig, um die kleinen glücklichen Wesen nicht zu erschrecken. „Ja, es sind so viele. Sie singen, sie tanzen, sie halten sich an ihren kleinen Händen. Ich kann sogar das Feen-Lied hören." Am Tag, an dem sich die große wunderbare Reise von Elisabeths Mutti anbahnte, war Elisabeth dann doch, obwohl die Mutti sie beruhigte, traurig. Sie würde nun nicht mehr ihre Mutti bei sich haben. Die liebe Stimme würde nun bald für immer schweigen. Es war soweit, die große, berühmte Geschichtenerzählerin legte sich zur Ruhe und wachte niemals wieder auf. So musste auch ihr Körper begraben werden, die Auserwählten und die Kinder des Lichts waren alle gekommen, um für sie zu beten. Sie waren sehr dankbar, dankbar für alles, was Elisabeths Mutti sie gelehrt hatte. Sie wussten, eine sehr liebe Seele ging zur Ruhe und trat auch die letzte große Reise an. Es dauerte nicht sehr lange, da sprießten wieder einmal die wunderschönsten Blüten auf dem Grab. Nur, was es dann zu sehen gab, war ein sehr großes Wunder. Inmitten der vielen schönen bunten Blumen, die allesamt so zauberhaft dufteten, stand plötzlich ein großer Baum. Ein Baum mit einer großen Krone, die so groß war, dass alle unter ihr Schatten fanden. Elisabeth setzte sich als erste unter den schönen Baum. Da fiel ihr die Geschichte ein, die ihre Mutti damals, vor so langer Zeit, von der Reise auf dem großen Blatt erzählt hatte. Ja, es stimmte, ein Baum ist Leben, das spürte Elisabeth sofort. Aber dieser Baum barg noch ein anderes, ein ganz besonderes Wunder. Die Seele der großen Geschichtenerzählerin lebte in ihm weiter und so kam es, dass immer, wenn sich die Auserwählten und die Kinder des Lichts unter den Baum setzten, die Stimme der großen Geschichtenerzählerin erklang. So konnten sie ihrer großen Lehrerin immer ganz nahe sein, sie konnten in der Sprache des Lichts um Rat bitten, wenn sie nicht weiter wussten. Wenn sie eine Geschichte hören wollten, sprach die Stimme aus dem Baum. Manchmal nahmen sie eines der besonders schönen großen Blätter in die Hand und stellten sich vor, wie sie auf dem großen Blatt eine wunderbare Reise machten. Und das Schöne war, ein so großer Baum bot auch so viel Platz für alles andere Leben. Tausende von Insekten fanden ein Zuhause, unter ihnen auch die Spinnen, in denen die eitle Kunstweberin Arachne weiter leben musste. Sie spannen so kunstvolle Netze, dass man sich kaum daran satt sehen konnte. Alles war gut. So viele große und kleine Wunder hatte es gegeben. Das größte Wunder aber war, nach wie vor, das Wunder des Lebens. Das war ihnen immer im Bewusstsein geblieben. Nachdem Uriel die gute Seele der Geschichtenerzählerin in den schönen Baum getragen hatte, war er sehr zufrieden und kehrte für lange Zeit zurück. Zurück zu den Weisen in den Himmel. Seine Aufgabe war getan. Er hatte es vollbracht, eine neue Menschheit war entstanden. Der Planet Erde durfte weiter leben. So hatte es sein sollen, das war das große Ziel der Weisen im Himmel gewesen.

1699 Jahre später

„Lasst uns einmal auf die Erde, den schönen Planeten, auf dem alles begann, schauen", war ein Ruf zu hören. Von woher kam der Ruf? Es war der neuen Menschheit, den Kindern des Lichts gelungen, sich über viele Generationen hin weg, weiter zu entwickeln. Sie hatten zunächst damit begonnen, den Mond, den treuen Gefährten der Erde, zu bevölkern. Dort hatten sie schöne Städte gebaut, die von vielen Kindern des Lichts bewohnt wurden. Auf dem Mond hatten sie immer weiter geforscht, so dass die Kinder des Lichts irgendwann in der Lage waren, auch die nächsten Planeten zu besiedeln. Nach vielen weiteren Generationen waren sie so gereift, dass sie nun auch andere Galaxien bevölkern konnten. So ging es über die Jahrhunderte immer weiter voran, die Kinder des Lichts hatten begonnen, das gesamte Universum zu besiedeln. So viel Liebe, wie sie ausstrahlten, so viel Licht, welches sie in ihren Herzen trugen, einfach wunderbar. Das gesamte, unendliche Universum erstrahlte aus ihren Herzen in einem wunderbaren, funkelnden, warmen Glanz. Frieden herrschte überall, das Universum war von Licht und Liebe nur so erfüllt. Von den Kindern des Lichts konnte sich keines mehr an eine Zeit erinnern, an der es auf dem schönen Planeten Erde furchtbar, dunkel und grau gewesen sein sollte. Das schien ihnen wie eine alte Sage, eine alte Legende. Ihre Eltern hatten ihnen davon erzählt, sie hatten erzählt, was sie wieder von ihren Eltern erzählt bekommen hatten und so war die Legende von der schrecklichen grauen, traurigen, lieblosen Erde über alle Generationen überliefert worden. Überliefert als Warnung, als Mahnung.

Nun aber zurück, woher kam der Ruf? Der Ruf kam von einem der großen Weisen, die im Himmel lebten. Gerne schauten sie auf den so wunderbaren Planeten Erde. Auf der Erde hatte es begonnen, das große Wunder von einem friedlichen Zusammenleben. „Schau nur, wie hell die Erde wieder funkelt. Einfach großartig." Ja, es war ein wundervoller Anblick, die Erde war hell strahlend zu sehen, sie strahlte so hell, als ob sie alle anderen Planeten und Sterne noch an Großartigkeit über-trumpfen wollte. „Und sieh nur", sagte einer der Weisen voller Zufriedenheit. „Der große Baum, er ist von hier oben zu sehen." Er sah den Baum, aus dem einst vor so langer Zeit, so vielen Jahrhunderten, die Stimme der großen Geschichtenerzählerin begonnen hatte, zu sprechen und so mit dem Lehren und Erzählen weiter fortfahren konnte. Fortfahren, bis in alle Ewigkeit. Ja, sie waren wirklich sehr zufrieden. „Erinnerst Du Dich noch? Erinnerst Du Dich noch an unsere kleine Elisabeth? Weißt Du noch, wie diese süße Kleine uns damals aus dem Himmel entwischt ist? Wir haben gut daran getan, sie zu dieser klugen Frau, die sich schon seit so langer Zeit ein Kind gewünscht hatte, zu führen."

Auch Elisabeth hatte eines Tages gespürt, dass ihre Zeit gekommen war. Es war an der Zeit gewesen, zu gehen. Die letzte große Reise anzutreten, so wie es ihre Mutti getan hatte. Und so, wie es die anderen Auserwählten getan hatten. Unsere Freundin Elisabeth war eine der letzten Auserwählten gewesen, nach den Auserwählten gab es nur noch Kinder des Lichts. Sie hatte keine Angst, ihre Seele würde ja in diese wunderbare Welt zurück kehren. Sie würde nur ihren müden, alten Körper wechseln. Elisabeth hatte sich genau so zur Ruhe begeben, wie es ihre Mutti getan hatte. Ihr Körper war müde, so schlief sie zufrieden ein und öffnete wieder die Augen. Sie wurde, genau wie alle Anderen, die die letzte große Reise angetreten hatten, begraben. Alle hatten für ihre Seele gebetet und der Seele eine gute Reise gewünscht. Sie waren so dankbar dafür gewesen, dass diese wunderbare Frau, die ja schon als kleines Kind die große Reise in ein neues Leben mit dem Flug NN1114 angetreten hatte, gekannt zu haben. Dankbar dafür, dass sie ihr Leben mit ihrem liebevollen Wesen so bereichert hatte. Kaum war ihr Körper begraben, da trat auch schon das Wunder ein. Zauberhafte Musik ertönte, unendlich viele bunte Blumen begannen, zu sprießen. Kurze Zeit später standen die Blumen schon in der vollsten Blütenpracht. Luzi war als erste an das Grab ihrer Schwester getreten. Voller Entzücken war sie stehen geblieben. Da waren auch schon alle anderen an das Grab getreten. Zu wunderbar, zu entzückend war das, was sie nun alle sehen konnten. Alle Engel waren gekommen, um zu tanzen und zu musizieren. Im Takt dazu tanzten Tausende kleiner Feen. Dann konnten sie sehen, wie sich etwas, das sie noch nie gesehen hatten, aus dem Grab hob. Etwas sehr helles, es schwebte ein Weilchen vor sich hin, dann wurde es auch schon von den Engeln angenommen, es tanzte mit ihnen, sie sangen gemeinsam, die Feen tanzten alle um sie herum und sangen. Einen Moment später hoben sich die Engel mit dem zauberhaften Etwas, das Etwas, das die Seele unserer Elisabeth war, in die Höhe. Alle Engel waren erschienen, um die Seele der Elisabeth, die sie als Engelchen in der Form eines Kindes auf die Erde hatten gehen lassen, nun wieder heim zu holen. Im gleichen Augenblick wurde den Kindern des Lichts klar, was sie da gerade gesehen hatten. Sie hatten gesehen, wie wunderschön es war, die große letzte Reise anzutreten. Nichts war am Sterben beängstigend, es war ein wunderschönes unglaubliches Erlebnis. Und sie hatten es gesehen. Nun wussten sie es ganz sicher, Sterben war nicht schrecklich, nein, es war ein traumhaft schönes Erlebnis. So war es geschehen. Auch nun, nach fast zwei Jahrtausenden, tanzen die Engel immer noch, wenn sich der Tag vom Beginn der letzten Reise der Elisabeth jährt, gemeinsam mit den kleinen Feen. Sie tanzen überall, auf den Gräbern, auf den Feldern, auf den Wiesen, in den Häusern, in den Wohnungen. Überall werden sie von den Kindern des Lichts gesehen und fröhlich begrüßt. Ein wunderbares gemeinsames friedliches Leben, gemein-sam mit allen Lebewesen, die uns umgeben. Uriel, der als Bote der Weisen im Himmel, seine Aufgaben beim Aufbau der neuen Menschheit gerne und mit viel Freude und Sorgfalt erledigt hatte, nickte den Weisen zu. Er hatte Lust auf ein Spielchen, so ließ er gerne mal einen seiner Blitze, die früher die Wunder auf den Planeten Erde gebracht hatten, auf die Erde oder auf einen anderen Planeten, den er sich gerade ausgesucht hatte, herunter fahren. Das hatte er auch schon getan, bevor die Bewohner der Erde die große Reise mit dem Flug NN1114 angetreten hatten. Nur waren sie leider so oberflächlich gewesen, dass sie diese Wunder gar nicht erkannt hatten. Nein, sie hatten sich meistens ge-fürchtet. „Es gibt gleich ein Gewitter, es blitzt schon", hatten sie oft gesagt und waren hinein in ihre Häuser gelaufen. Die Kinder hatten vor Angst geweint, so war Uriel traurig gewesen, wenn er seine Blitze auf die Erde sandte, seine Tränen waren geflossen. Die Menschen aber damals nicht erkannt, dass es seine Tränen waren. Nein, sie hatten gerufen „Oh, jetzt regnet es auch noch" und hatten finstere Gesichter gezogen. Wenn Uriel dann auch noch wütend auf seinen Tisch geklopft hatte, weil die Menschen so unaufmerksam gewesen waren, hatten die Menschen sich vor Donner gefürchtet. Sie hatten seine kleinen Himmelsgeschenke nicht zu würdigen gewusst. Jetzt und heute aber war das alles anders, er hatte wieder Spaß daran, seine wunderbaren Blitze zu senden. Seine Blitze, die immer ein kleines oder ein großes Wunder mit sich brachten. Die Kinder des Lichts hatten es schnell verstanden, sie hatten verstanden, dass jeder seiner Blitze Wunder brachte, sie fürchteten sich nicht vor ihnen. Nein, sie freuten sich jedes Mal. Das machte Uriel große Freude. Und immer, wenn die Zeit gekommen war, reiste er zu einem der Planeten, um mit einer warmen weichen Wolke und seinen großen Flügeln neue Babys zu den Kindern des Lichts zu bringen.

Eines davon war, wie so oft, unsere kleine Elisabeth…

Lieber Leser, ich wünsche mir, dass Du mit *den Kindern des Lichts* eine wundervolle Zeit hattest...

Ich bedanke mich von Herzen bei Beate Mair, die voller Liebe für mich *Die Kinder des Lichts* gemalt hat.

Wenn Du Lust auf mehr bekommen hast, möchte ich Dir meine Bücher ans Herz legen:

Zauberhafte Geschichten für alle Erwachsenen, die in ihren Herzen Kinder geblieben sind...

Das Wort mit "W"

ISBN-Nr.: 978-3-7322-4817-9 (BoD)

Gehe mit „meiner kleinen zauberhaften Elisabeth"
auf eine wunderbare Reise, lerne liebenswerte
Menschen, zauberhafte Kräfte und außergewöhnliche
Wesen kennen. Diese Reise wird Dich verändern...

...und plötzlich regnete es Seifen-Blasen vom Himmel

ISBN-Nr.: 978-3-7322-9271-4 (BoD